감탄과 연민

감탄과 연민

초판1쇄 찍은 날 | 2021년 4월 27일
초판1쇄 펴낸 날 | 2021년 5월 12일

지은이 | 고재종
펴낸이 | 송광룡
펴낸곳 | 문학들
등록 | 2005년 8월 24일 제 2005 1-2호
주소 | 61489 광주광역시 동구 천변우로 487(학동) 2층
전화 | 062-651-6968
팩스 | 062-651-9690
전자우편 | munhakdle@hanmail.net
블로그 | blog.naver.com/munhakdlesimmian
값 13,000원

ISBN 979-11-91277-09-8 03810

감탄과 연민

고재종 에세이

문학들

　　오래전의 두 번째 산문집『사람의 길은 하늘에 닿는다』
이후 신문, 잡지 등 여러 매체에 발표한 글 중 몇 개를 추
려서 세 번째 산문집을 묶는다. 삶에는 장미꽃과 같은 황
홀한 서정도 있고, 장미 가시와 같은 가혹한 서사도 있다.
둘 같지만 하나일 수밖에 없는 그 세계 속에 외롭게 서 있
는 글들은 나의 부끄러움과 상처까지도 곧잘 드러내고 있
기에 책으로 묶는 일을 많이 망설였다. 집이 너무 작아 꼭
기억해 두고 싶은 것들만을 챙겼다.

2021. 꽃 피는 봄날에
고재종

차례

제1부

감탄과 연민

눈 들어 산을 바라보면 연두 초록 마구 번지는 사이로 산벚꽃, 철쭉꽃, 조팝꽃이 펑펑 제 황홀을 터트린다. 발자국 옮겨 들길을 걸으면 보리밭 서리서리 물결치는 그 곁에 자운영, 민들레, 제비꽃은 또 꽃수를 놓고, 어느 담장 안을 들여다본들 영산홍, 금낭화, 홍도화 한 무더리 피지 않은 집이 없다.

산벚꽃의 휘황함이요, 철쭉꽃의 정열이요, 조팝꽃의 떨림이라 했던가. 민들레의 미소요, 자운영의 유혹이요, 제비꽃의 교태라 했던가. 저 영산홍의 출중함과 저 금낭화의 붉은 입술과 저 홍도화의 귀기(鬼氣) 어린 관능을 보아라. 그 색깔과 향기의 길에 한번쯤 푹 빠져 보아도 좋으련만.

친구 중에 유난히 감탄을 잘 하는 친구가 있다. 그는 들길을 걷거나 어디를 가도 항상 그 마음이 어린아이처럼 열려 탄성을 발하곤 한다.

"이것 봐, 이것 봐! 이 제비꽃은 보라색인데 저건 흰색이야. 또 이 흰색 민들레와 노란색 민들레 좀 봐. 어쩌면 한 종류이면서 이렇게 각기 독특한 색깔을 가졌지?"

"그래. 그 꽃들보다 오히려 세상이 신비로 가득 찬 듯 여기는 자네가 더 꽃 같구먼. 어쩌면 그렇게 나이 먹는 줄도 몰라?"

사실이 그렇다. 누군 열두 살에 세상을 다 알아 버렸다고 했던가. 이후로 견뎌야만 한 생의 환멸과 권태가 얼마나 끔찍한 줄 아느냐 했던가. 그렇게까지는 아니더라도 사실 세상의 아웃사이더 의식에 늘 시달리는 나 같은 경우에도 생은 그렇게 감탄할 만한 것만은 아닌 성싶다. 더더욱 오늘날 자본이니 인공지능이니 하는 것들의 격류에 휩쓸려 있는 삶 속에서 누가 길섶의 쇠별꽃 하나를 보고 감탄하며, 누가 동백꽃에 사는 동박새와 산록 맑은 계곡의 산천어에 눈길을 주겠는가.

생의 고통을 혹독히 치르고 꽉 찬 중년에 이르러서야 생명 있는 것들에 대한 찬양의 길에 들어선 시인 천양희도 시

「한 아이」에서 그 눈이 어린애 같은 감탄으로 가득 차 있다.

시냇물에 빠진 구름 하나 꺼내려다
한 아이 구름 위에 앉아 있는 송사리 떼 보았지요
화르르 흩어지는 구름 떼들 재잘대며
물장구치며 노는 어린 것들
샛강에서 놀러 온 물총새 같았지요
세상의 모든 작은 것들, 새끼들
풀빛인지 새소린지 무슨 초롱꽃인지
뭐라고 뭐라고 쟁쟁거렸지요

무엇이 세상에서
이렇게 오래 눈부실까요?

사실 이런 시를 보면 감탄을 넘어 경탄(敬歎)까지 든
다. 부유하는 먼지같이 메마른 세상에서 가장 오래 눈부
신 것을 발견해 내어 그것을 애절하게 바라보는 시인의 마
음이 얼마나 곱고 아름다운가.
"한데 친구야. 이 금낭화를 좀 보아. 이 꽃엔 며느리
밥풀꽃 설화와 비슷한 사연이 숨어 있다네. 가난 가난 열

두 가난 절, 시집살이가 험악한 어느 산골마을의 며느리가 밥을 다 푸고선 어찌나 배가 고팠던지, 주걱에 묻은 밥풀 몇 알을 떼먹고 있었다지. 그러다 마침 들에서 돌아오던 시어머니에게 들켜선 저 혼자 밥 다 처먹는다고 작대기로 늘씬 얻어맞아 죽은 뒤, 이듬해부터 그 집 뒤란 장독대에 피었다는 게 이 꽃이야. 여자의 새빨간 입술에 흰 밥알을 문 듯한 모습이 그 며느리의 한을 상징한다는 거야."

"어머, 그래? 세상에 이런 슬픈 일도 있다니?"

친구는 어느새 말을 잊고 눈시울이 젖어든다. 그의 눈은 이미 금낭화에 대한 연민으로 가득 차 있다.

그런 그가 배꽃, 사과꽃, 황매화 펄펄 바람에 흩날려선 길가에도 강물에도 풀섶에도 함부로 처박히는 세월을 어찌 다 보겠는가. 그런 그가 연두, 초록, 진초록 겁 없이 마구 번지는 자리에 소쩍소쩍 쏟아지는 저 불여귀(不如歸)의 가르침은 또 어찌 다 듣겠는가. 아니 그런 그가 그렇게 배꽃 펄펄 날리는 길 위를 절뚝절뚝 절뚝거리는 노부부가 서로 앞서거니 뒤서거니 함께 걷는 그 위로 뿌려지는 꽃잎에 왜 망연자실하지 않겠는가.

그래, 그렇게 강물은 흐르고 백양나무도 금은물살 치는 강변에 오늘 또 무엇이 그리 서러워서 울고 서 있는 네 슬픔, 그 슬픔조차 한없이 맑으리라.

　연민의 마음. 그렇다. 그 친구는 세상에 대한 감탄뿐만 아니라 언제나 스러지고 상처 입는 이들에 대한 연민이 가득한 사람이다. 모두들 황금에만 눈이 멀고 이기주의로만 똘똘 뭉친 세상에서 흔치 않은 경우다.

　연민이란 "상대의 고통을 함께 느끼는 데서 오는 슬픔"이다. 어떤 이는 이를 "상대의 고통을 동정하는 감상" 정도로 여겨 되레 악덕 취급을 하는데 이는 잘못된 해석이다. 생자필멸(生者必滅)이라는 이 삼라만상의 엄정한 법칙 면에서 보면 우리 인간은 어쩔 수 없이 가련하고 불쌍한 존재이다. 필히 죽어 가야만 하는 이런 실존의 고통을 이해하고 같이 슬퍼한다는 것은 그러므로 인간 본질에 대한 따뜻한 이해이다. 그래서 연민의 자리는 신의 숨결이 닿는 자리라고 말할 수도 있다.

　　혼자 사는 게 안쓰럽다고

　　반찬이 강을 건너왔네
　　당신 마음이 그릇이 되어
　　햇살처럼 강을 건너왔네

김치보다 먼저 익은

당신 마음

한 상

마음이 마음을 먹는 저녁

　함민복 시인의 「만찬(晚餐)」이란 시이다. 혼자 사는 게 안쓰럽다고 어떤 지인이 마음을 써서 김치를 보내왔다. 그 김치를 따뜻한 햇살로 여긴다. 그 지인이 보낸 연민의 마음을 흔쾌한 마음으로 받아들인 까닭에 한 저녁 홀로 먹는 초라한 식탁이 황제의 만찬이 되어 있다. 상대에게 연민을 확대하고자 할 때는 한없이 낮고 열린 자세가 필요하지만 이를 받아들이는 자도 흔쾌하게 열려야 한다.

　감탄과 연민. 이 둘은 메마르고 팍팍한 세상의 초록 같은 것이다.

— 월간 『작은 이야기』

버들은 푸르고 꽃은 붉다

"버들은 푸르고 꽃은 붉다(柳綠花紅)." 생동하는 봄의 풍경을 보고 놀란 시인 소동파가 외친 시구이다. 눈은 옆으로 코는 세로로 달려 있는 것처럼 너무도 자명한 사실, 즉 파르라니 잎 돋고 붉디붉게 꽃핀 봄이 풍경 그대로 생동하는 진리를 보여 주고 있는 데에 감동하는, 시인의 어린애 같은 눈길이라니!

그런 경이에 찬 눈길이 있어 봄은 꽃과 함께 온다. 산수유, 매화, 진달래가 핀 다음에 개나리, 목련, 살구꽃을 거쳐 복사꽃, 벚꽃, 배꽃들이 하늘의 순리에 따라 처처에 만발이다. 순결함, 요염함, 우아함, 화사함 등의 관을 쓴 저 만화방창의 화개(花開) 앞에서 세상에 열리지 않을 마음이 어디 있으랴.

더욱이 가지각색 빛나는 꽃의 색깔을 보라. 차갑기 그지없는 철학자 비트겐슈타인마저도 "색깔은 철학할 마음을 일으킨다."고 했으니 그 꽃 색깔에 환해지는 우리 범인들의 마음이야 오죽하겠는가. 세계 최고인 샤넬 향수조차도 결코 가 닿지 못할 꽃의 향기는 또 어떤가. 봄꽃들은 향기가 장미처럼 진하지는 않지만 그 싱그러움과 은은함으로 되레 영혼 속 어디 구석지에 처박혀 있는 순결을 한사코 불러내어, 우리를 마구 설레게 함에랴.

이런 날 내가 어느 시인처럼 냉이, 민들레, 꽃다지, 제비꽃 등 풀꽃 낱낱에게마저 그 이름을 불러 주듯 "나의 이 빛깔과 향기에 알맞은/누가 나의 이름을 불러" 준다면 "그에게로 가서 나도/그의 꽃이 되고 싶"을 따름이다.

그런데 조계종 종정을 지낸 법전 스님은 한 인터뷰에서 "난 꽃은 별로여. 덧없잖아. 대신 소나무를 좋아해."라고 한 걸 들은 적이 있다. 그 말을 듣다가 『벽암록』에 전해져 오는 "산에는 꽃이 피어 비단을 짠 듯하고, 골짜기의 물은 깊어 쪽빛이라네(山花開似錦 澗水湛如藍)."라는 선어가 문득 생각났다.

한 수행승이 대룡 선사에게 지극정성으로 물었다. "형체가 있는 것은 부서져 버리게 마련인데, 영원히 변치 않는 진리는 없는 것일까요?" 그러자 대룡 선사가 답한 말이 위의 두 구절이다. 좀 더 풀어 쓰면 "저 산에 만발한 꽃을 보아라. 꼭 비단으로 산을 덮은 것 같지 않느냐. 또 저 골짜기에 잠잠히 흐르는 물을 보아라. 정녕 쪽빛으로 물들어 있는 것 같구나."라는 뜻이다. 참으로 아름답고 격조 높은 말이지만, 그러나 산의 그 꽃은 열흘을 못 가고 골짜기의 물도 차면 곧 넘쳐흐른다는 이야기를 내포하고 있다.

오로지 무상(無常)만이 변하지 않는 진리라는 말이다. 결국 덧없이 스러져 가는 것들의 아름다움을 노래함으로 삼라만상은 무상하며 인생 또한 무상의 한복판에 있다는 진실을 여지없이 깨치게 한 것이다. 법전 스님은 대선사였음에도 굉장히 인간적인 분이었던 것 같다. 어쩌면 우주의 본질인 무상을 싫어하는 듯한 말을 통해 되레 무상을 가르치는 역설을 구사한다.

그런데 요즈음 내 고향 농사꾼들은 또 다른 이유로 애써 꽃을 외면한다. "논일 밭일이 태산인데 꽃 쳐다볼 틈이 어디 있어? 예전 화전놀이 꿈은 말 그대로 꿈일 뿐이여!"라고 퉁을 놓으며. 그 무뚝뚝하고 퉁명스러움엔 죄가 없다.

왜냐하면 벌써 개구리들이 개울마다에서 암놈 수놈 등에 업고 업히어 감창소리 마구 앓아대는 봄의 한복판. 때

마침 비조차 흠뻑 내리니 논두렁 쌓고 논물을 가두랴, 검은그루에 두엄 내고 애벌갈이 하랴 부산하다. 한편으론 보리밭 비배 관리하고 비닐하우스 속의 딸기를 따 내면서 또 씨나락 담근 뒤 못자리 설치하랴 밭에 상추씨 놓으랴, 그야말로 촌음을 다투는 것이다. 그러니 화전놀이는 역시 꿈속의 꿈일 수밖에 없으리라.

그래도 힘써 일하다가 담배 한 대참의 우두망찰일 망정 밭가의 홍도화에 취하는 일쯤은 왜 없겠는가. 다 늙어 꼬부라진 칠순 노파도 "봄바람에 꽃이 날리는 꿈을 꾸면, 깨어나도 가슴이 두근거린다." 했거늘, 하물며 꽃 피고 새 울면 씨 뿌리고 사랑하던 사람들이 왜 꽃을 모르겠는가. 비록 덧없는 꽃이지만 덧없는 것이기에 더욱 애절하고, 그러기에 한 번 더 꽃 보아야 하지 않겠는가.

이럴 때 머윗잎, 물미나리나물에다 애기쑥국으로 겨우내 군둥내에 물린 입맛을 되살리며 그 꽃 지는 것 바라보라. 어느새 뒷산엔 연두초록이 마구 번져 가고, 동구 밖 느티나무는 그 둥근 초록의 광휘로 마을을 감싸리라. 곧이어 강변 미루나무는 제 온몸의 금은보석을 짤랑거리며 빛과 바람의 전언(傳言)을 세상에 마구 퍼뜨릴 것이니, 세상이 이처럼 푸르고 찬란한 것을 또 어찌하랴. 맑고 푸른 바람 대지에 두루 불어 어떠한 한정도 차별도 없다면, 이곳이 곧 진리가 펼쳐지는 깨침의 한복판이자 천국 아니겠는가.

부에노스아이레스 출신의 작가 알베르토 망구엘은 "지옥을 정의하자면 '우리가 했던 행동, 말, 생각이 모조리, 태초에서부터 무한수의 곱으로 무한히 증가하며 보존된, 출구 없는 반복'이라고 할 수 있다."고 했다.

참으로 끔찍하다. 그러니 이제 우리는 아무리 고독과 절망의 늪을 헤맬지라도 "물을 뜨니 달이 손바닥 안에 있고, 꽃을 희롱하니 향기가 옷에 가득하다(掬水月在手 弄花香衣滿)."는 말들을 많이 배워야겠다. 그리고 그 말대로 물을 실제로 떠서 영원의 달을 맛보고, 꽃을 만져 보이지 않는 것의 향기를 맡는다면야 얼마나 좋겠는가. 내 말과 행동과 생각으로 지옥을 넘어서야 하니까.

- 〈중앙일보〉

세상의 어린 경이(驚異)들

어릴 적 숨바꼭질을 하던 중 컴컴한 마루 밑으로 숨어들었다가 거기 한 구석지에 여남은 개가 넘는 달걀이 고스란히 모아져 있는 걸 발견한 적이 몇 번 있다. 미물 짐승에 불과한 암탉이 그렇게 한 자리에 계속 낳아 감추어 둔 소복한 알들은 그저 눈이 휘둥그레지고 입이 딱 벌어지게 할뿐이었다.

살아갈수록 삶이란 게 바람 빠진 고무풍선같이 여겨지는 때가 많다. 그럴 때마다 온 마음이 환하게 열리던 그런 경이의 순간들을 기억하거나 또 기대하게 된다. 어느 시인은 화창한 날 폭포에 빠져 죽으러 갔다가 곧은 절벽을 무서운 기색도 없이 떨어져 "취할 순간조차 마음에 주지 않고/나타와 안정을 뒤집어 놓"는(김수영) 폭포를 보고

"와! 귀에 익은 명창의 판소리 완창이로구나"(천양희)라고 외치며, 강렬한 삶의 의지를 세우고 돌아왔다고 한다. 물론 폭포의 장쾌한 소리가 천지를 뒤흔드는 경이로움 속에서 감히 죽음이라는 단어를 생각조차 할 겨를이 없었을 성싶다.

사실 그런 경이들은 우리가 눈만 새롭게 뜨면 언제 어디서고 찾을 수 있다. 아침 연못에 백련이 순결하게 피어오르는 순간이거나, 가을날 양광이 샛노란 들판을 백 리 밖까지 환하게 밝히는 순간은 어떻던가. 초등학교 적 달밤에 장독 뒤에서 등물을 하던 이웃집 누나의 하얀 엉덩이를 담 너머로 훔쳐보던 기억이며, 아흔일곱 살까지 살도록 손주가 밖에 나갔다 들어오면 항상 "밥 묵었냐?"고 물으시던 할머니에 대한 기억은 또 어떻던가.

그중 내 정서의 원형질을 구성하고 있는 경이 하나가 있다. 아직도 결코 잊히지 않는 그 경이는 담 너머 대숲에 초저녁 별들이 소금처럼 부서지기 시작하는 때, 들에서 늦게 돌아온 어머니가 그 대숲 밑 샘가에서 쌀 씻던 소리다.

당시에 시골 사람들이 대개 그렇듯이 우리 집도 식구가 많아서 아이들조차 굶기를 밥 먹듯 했다. 그래서 하루 종일 뭐 별로 먹은 게 없어서 배는 고프지, 땅거미는 새까맣게 밀려오지, 그런데도 기름 닳는다고 저녁 이슥토록 등을 못 켜게 하는 바람에 마루는 깜깜해지는데도 늘 들일에 쫓기는 부모님은 돌아올 줄 몰랐다. 그러다 보니 무섬증을 떨치려고 어린 누이들이 "해는 져서 어두운데, 찾아오는 사람 없고"로 시작되는 그 구슬픈 동요를 몇 번이고 불러대며 애를 태우고 태우던 그때야 어머니는 돌아왔다.

그리고는 부리나케 대숲 밑 샘가로 달려가 보리쌀이건 좁쌀이건 바가지에 담아 씻는 소리는, 그야말로 어둡던 세상이 환하게 열리는 소리였다. 그 소리는 대숲에 별빛 부서지는 소리와 하나로 겹쳐져 천상의 음향같이 여겨졌고, 이윽고 가마솥 아궁이에 마른 솔가지 불이 환하게 타오르는 소리로까지 이어지는, 항상 겪어도 늘 새롭고 경이로운 소리였다.

나는 아직도 인간의 궁극적 비극주의를 넘어서지 못했지만, 일상 속에서 건지는 이런 소중하고 고귀한 경이들, 그리고 그런 경이를 노래한 시들 때문에 그런대로 세상은 살 만한 것이라고 생각하는 사람이다. 다음은 우리나라 시단에서 독보적인 단시로 생의 경이로운 순간을 결정적으로 포착해 내는 이시영 시인의 시다.

마른논에 우쭐우쭐 아직 찬 못물 들어가는 소리

앗 뜨거라! 시린 논이 진저리 치며 제 은빛 등 타닥

타닥 뒤집는 소리

― 「봄논」

단 2행에 불과한 시지만 겨우내 메마른 논에 봄을 맞아 못자리를 하려고 못물을 대자 시린 논이 진저리 치며 좋아하는 모습을 신명나게 표현하고 있다. 특히 못물이 목 마르게 기다리는 님을 만나러 신나게 가는 사람처럼 '우쭐 우쭐' 시린 논으로 들어간다는 표현과, 그 들어오는 물을 맞는 시린 논이 님을 만나 진저리 치게 좋아하는 사람처 럼 은빛 등을 '타닥타닥' 뒤집는다고 한 표현은 그 생동감 과 함께 절묘함으로 온 들을 공명시키고도 남음이 있다. 정녕 에로틱하고 경이로운 시다. 예전부터 부모들에겐 마 른논에 물 들어가는 소리와 자식 입에 밥 들어가는 소리 가 세상에서 제일 듣기 좋은 소리라고 했는데, 여기서 이 말은 사족이다. 다음의 시도 이시영 시인의 장기가 빼어 나게 드러난 시다.

비 맞은 닭이 구시렁구시렁 되똥되똥 걸어와 후다
닥 헛간 볏짚 위에 오른다
그리고 아주 잠깐 사이 눈부신 새하얀 뜨거운 알을
낳는다
비 맞은 닭이 구시렁구시렁 미주알께를 오물락거리
며 다시 일 나간다

— 「당숙모」

겉으로는 흔히 시골에서 암탉이 알을 낳는 전후 잠깐
사이를 섬세하게 포착한 시다. 암탉이 '되똥되똥' 걷는 모
습도 모습이거니와 알을 낳기 전엔 알 낳을 자리를 보느라
그리고 알을 낳은 후엔 낳은 알을 걱정해서인지 '골골골
골' 앓는 소리를 낸다는 것을 시골생활 경험이 조금이라도
있는 사람은 다 안다. 그런데 시인은 여기서 암탉이 앓는
소리를 다만 '구시렁구시렁'으로 바꿈으로, 주관적 감각에
의한 독창적 표현에 큰 성공을 거두고 있다.
다시 말해 시 속의 암탉이 구시렁구시렁, 일터에서 무
언가 못마땅하여 혼잣말을 자꾸 되풀이하며 되똥되똥 돌
아와서, 아주 잠깐 사이에 안방 아랫목에 '행감치고' 앉
아 있는 시어른에게 눈부신 새하얀 뜨거운 밥을 챙겨 주

고, 다시 구시렁구시렁 미주알께를 오물락거리며 일 나가는 '당숙모'로 환치되고 있는 것을 감안하면, 이 '구시렁구시렁'이라는 표현이 얼마나 절묘하며 독창적이며 경이로운지 모른다. 그렇게 농촌 여성들은 구죽죽 비를 맞으면서도 이리 되똥 저리 되똥거리며, 오명 구시렁 가명 구시렁거리며, 미주알께를 오물락 고주알께를 오물락거리면서 일하고 또 일을 해서 '눈부신 새하얀 뜨거운' 곡식을 생산한다. 그래서 예전부터 암탉이 울면 알을 낳는다고 했는데 이 말 또한 사족이다.

어쨌든 시인의 관찰적 묘사가 무척이나 경이로운 시다. 갑각류 껍질처럼 단단하게 굳어 있는 일상의 더께를 걷어내고 몇 개의 단어만으로 삶의 경이를 창조해 내는 시인들의 직관적 통찰력은 모든 예술 중 시가 가장 근원적인 양식으로 존재케 한다. 그래서 하이데거는 "존재사유는 시 짓기의 근원적인 방식이다."라고까지 말한다. 삶이 달걀처럼 팍팍할 때, 때때로 나타나는 이런 경이의 시는 삶의 그 어떤 고통과 고독이라도 넘어서게 할 것 같다.

누군 이상이 무릎 꿇은 게 일상이라 했다. 그러나 이런 일상을 통과하지 않고는 누구도 신에 이를 수 없다는 것 또한 사실이다. 그래서 일상의 성화, 혹은 일상의 축제를 운위하는 사람도 있다. 우리가 찾는 세계의 비밀과 삶의 경이는 느닷없이 축복처럼 주어지는 게 아니다. 늘 세상을 새롭게 보려고 하는 눈을 벼리면 오늘 맡는 아침 공기가 먼 고산의 석남화밭을 스쳐 온 듯 향기롭게 느껴지기도 한다는 것을 조용히 믿는 사람들에게 임할 것이다.

- 『월간 에세이』

처음의 빛깔과 향기

    건강 때문에 아침 산행을 시작한 지 꽤 오래되었는데, 해마다 오뉴월 이맘때쯤 내가 오르는 뒷산은 온통 아까시 꽃과 그 향기로 뒤덮인다. 너무도 순결해 보이는 유백색 꽃빛과 지끈거리는 머리를 환하게 맑히는 그 청신하면서도 달콤한 향기는, 사실 비 맞으면 딱딱하게 굳는 질 낮은 구두 가죽 같은 마음의 소유자라도 그만 가슴을 설레게 하고 말 것이다.

    아까시 꽃빛과 향기는 내겐 원형적 순결을 생각케 하는 빛깔과 향기다. 중고등학교 때 나는 친구 누나의 소개로 교회를 나가게 되었다. 그 교회는 우리 동네에서 강둑길을 쭉 따라 내려가는 2km 정도의 거리에 있었는데, 길가에 온통 아까시나무가 심어져 있었다. 아까시 뿌리가 워낙 악착같고 완강하게 뻗는 성질이 있어서 홍수 때 제방이 무너지는 것을 방지하기 위해 마을 사람들이 울력을 해서 심은 것이었다.

그런데 이 아까시꽃이 보리베기 끝나고 모내기를 한참 할 오뉴월이면 그 강둑길을 환하게 밝혔다. 특히나 꽃 피는 밤, 달이라도 환하게 비추면 향기가 달빛을 타고 백 리 밖까지라도 퍼질 것 같았다. 그 꽃길을 나는 친구 누나와 함께 걸어서 교회를 가고 또 예배를 마치고 다시 돌아오는 것이었으니, 한마디로 천국 길이었다.

그도 그럴 것이 당시 우리 집은 많은 자식을 둔 부모님의 힘겨운 노동과 일상이 된 불화 때문에 하루도 평안할 날이 없었다. 집은 늘 야차에 홀린 것 같았다. 그런데 얼굴이 아까시 꽃빛처럼 뽀얗고, 늘 곁에서만 걸어도 아까시 향기가 나던, 지금 생각해 보아도 세상에서 제일 싱그러운 누나와 교회를 다녀오는 그 아까시 꽃길이 어찌 천국의 길이 아니었겠는가. 누나와 그 꽃길을 걷는 몇 년 동안 서로 손 한번 잡지 않았어도, 내겐 존재의 내밀한 자리에 신의 숨결이 스쳐 간 듯한 황홀로 지금까지 기억되는 것이다.

나는 그래서 지금도 아까시 꽃향기만 퍼지면 원형적 순결의 마음 상태로 곧잘 돌아가곤 한다. 얼마 전 아들의 옷가지를 좀 사러 십 대나 이십 대 초반의 고객을 상대로 영업하는 매장을 간 적이 있다. 나는 그날 1층부터 5층까지의 매장을 둘러보고 무척 놀랐다. 세상에 그 많은 옷가지와 가방과 신발과 액세서리가 한결같이 복제품인 듯 비슷비슷했다. 그 유치찬란함의 극치인 울긋불긋한 빛깔들, 어깨와 가슴 부근은 파고 배꼽 부분은 가능한 한 밀어 올리는 등의 헝겊 파편 같은 디자인들을 보며, 아무리 원본이 사라진 복제의 시대라지만 저렇게까지 천편일률이 되어서야 하는 생각이 들었다.

그런데 그 옷가지들만이 문제가 아니었다. 그 옷가지들을 사려고 나선 젊은 아이들의 머리가 또 울긋불긋하기 일색이었고, 얼굴은 일본 게이샤들처럼 덕지덕지 분으로 덮였고, 또한 그들이 지나칠 때마다 진한 향수 냄새는 코를 찔렀다. 모두들 터진 옷 사이로 발산되는 건강미만으로도 젊음의 과시는 충분할 것 같았는데 그렇지 않은가 보았다.

나는, 아직 정처 없고 주체도 정립 안 된 십 대나 이십 대들이 남에게 뒤처지면 안 된다는 강박관념, 혹은 남과 같지 아니하면 지불해야만 될 것 같은 소외감 때문에 너나없이 유행을 따르고 친구를 흉내 내는 일이 있을 수 있다고 생각하는 사람이다. 하지만 그런 속에서도 자기만의 고유한 빛깔과 향기를 찾는 모습은 얼마나 아름다운가.

나희덕 시인의 시 평론집 『보랏빛은 어디서 오는가』를 보면 이런 구절이 있다. "예를 들어 같은 보랏빛이라 해도 라일락꽃과 등꽃과 도라지꽃과 붓꽃의 보라가 각기 다르지요. 라일락꽃은 분홍에 가까운 보라이고, 등꽃은 그보다 좀 더 푸른빛이 도는 연보라이고, 도라지꽃이나 붓꽃의 짙은 보라는 파랑에 가까운 보라이니까요. 그 빛깔들은 일정한 경계를 지을 수 없이 서로를 향해 번지려는 경향을 지니고 있고, 한 그루의 나무에서도 꽃잎 하나하나의 색깔이 조금씩 다른 것을 볼 수 있습니다."

서로의 경계를 지우며 빛깔은 번지려는 경향이 있고, 서로의 경계를 지우며 향기 또한 스미려는 경향이 있다. 하지만 빛깔과 향기는 서로 다르기에 서로의 경계를 지우며 번지려 하는 것이지 하나의 빛깔과 하나의 향기가 서로 스미고 번지려 하는 것이 아니다. 마치 한 그루의 나무에서 피는 꽃도 꽃잎 하나하나의 빛깔이 조금씩 다르고, 라일락꽃이나 등꽃이나 도라지꽃이나 붓꽃 향기도 서로 다르기에 서로에게 번지고 서로에게 스미려 하는 것이다.

한 아기가 여러 엄마들 중에서 자기 엄마 젖을 찾아내

는 것처럼 남들과 다른 자기 고유의 빛깔과 향기, 그것이
자기에겐 원본이 되는 것이다. 특히나 그 빛깔과 향기에
사람의 일이 함께 엮이면 이는 마치 첫사랑의 각인과 같은
것이 되고 만다. 살아가면서 그런 자기 빛깔과 향기가 수
없이 변하고 바뀔지라도 어느 고비에 이를 때마다 우리는
처음의 빛깔과 향기를 기억해 낼 때 다시 희망의 노래를
부를 수 있게 된다.

　　처음의 빛깔과 향기는 우리의 원형적 순수나 순결을
응시하게 하니까!

– 월간 『풍경』

사랑의 비밀

창밖은 모든 게 저무는 풍광이다. 붉고 노랗고 환하던 단풍은 금방 바스러질 듯한 갈색으로 죄다 변하고 그나마 남은 잎들도 얼마 되지 않는다. 그토록 이글거렸던 지난 여름도 이 늦가을의 풍상(風霜)을 맞아 거리에 나뒹구는 낙엽 몇 장 정도로 휙 날려 버렸다.

예전 같으면 아마 지금쯤 우리들의 고향에선 모든 곡식의 추수를 마치고, 보리씨를 뿌리고, 김장을 담가 김칫독을 땅에 묻고, 장작을 패서 헛간에 쌓는 것으로 한 해 일을 갈무리할 시간이다. 많건 적건 그 수확으로 자족하며 이제 먼 능선 위로 기러기 날아오는 걸 기다릴 것이다.

하지만 이 저무는 풍광 속에서 가난하고 외로운 사람들이 있다. 지나친 욕망 때문에 큰 실패를 한 사람이거나,

힘써 일했으나 자기 힘으로 어쩔 수 없는 현실 때문에 쥐꼬리만 한 수확도 거두지 못한 사람들. 그들은 지금 남몰래 쓸쓸하고 무언가 조급하기도 하겠다.

사실 누구나 이때쯤이면 모래알 좌르르 빠져나간 뒤의 빈 손바닥 마냥 거둔 것보단 잃은 것 투성이인 삶 때문에 포장마차 한 켠에서 늦도록 소주잔을 기울이거나 다 잠든 밤 부엌 식탁에서 쓴 커피로 마음을 달래기도 할 것이다. 그러니 어떤 시인이 저녁 찬바람에 마지막 잎새까지 져 버리는 걸 바라보는, 그 마음의 회한은 어떠하겠는가.

하지만 이런 상실과 고독 속에서 오히려 사람들은 자기 존재의 비밀을 들여다보는 기회를 얻게 된다. 그뿐더러 이런 때일수록 누군가를 간절히 그리워하게 되고 누군가의 호명(呼名)을 기다리게 되는 것이다. 그래서 현명한 사람들은 이런 늦가을 모든 것을 벗어 버리고 존재의 순수에 가닿는 사랑, 그런 사랑을 꿈꾼다.

그런 사람들을 위해 「사랑의 비밀」이란 나의 시 한 편을 소개한다.

신의 전언(傳言)인 양 반짝이던 잎새들이
마지막 것까지 져 버린 저녁이다.

이제 뜨락 가득 어둠이 내리고, 마음은

애기 업고 동구에 나간 노인네처럼 서성거린다.

이제 집이 없는 자들은 사랑밖에 없나니

먼 데서 안 오는 세상을 기다리지 말고

잠들지 말 것, 잠들면 두 연인은 다른 꿈을 꾸지;

말하지 말 것, 말하면 엿듣는 자가 나타나지;

보지 말 것, 빛은 어둠을 갈라 결합을 떼어 놓지;

소리 나지 않는 피아노를 연주하듯

한밤중 손가락들로 더듬어 찾는 사랑만이

영혼의 탄성을 발하고, 그것만이

하나 둘, 신의 음률 속에 별로 튀긴다는군.

시방 여기저기 켜지는 불빛일랑은

이제 소슬하고 차가운 인동의 광휘일 뿐,

저무는 풍광의 뱃속으로 몰래 들어가

그 속에 내연(內燃)하는 잉걸불을 일굴 것.

  파스칼 키냐르의 『은밀한 생』이란 아주 괴상한 소설에
서 착상을 얻은 시다. 노벨문학상 수상자인 옥타비오 파
스는 "연애와 열정과 시만 있다면 자살에 이르지 않은 길
을 알 수 있다."고 했다. 그렇다면 상실과 고독은 존재와

사랑의 다른 이름이 아닐까 하는 생각이 자꾸만 들어 이를 시로 바꾸어 본 것이다.

올 한 해 밖으로 많은 것을 잃어버린 사람들이라면 이제 한번 존재의 내면으로 들어가 보라. 말하지도 말고, 보지도 말고, 잠들지도 말고, 그 속에 내연하는 잉걸불을 일구시라. 마치 장님들이 소리 나지 않는 점자 음보를 연주하듯, 한밤중 손가락들로만 사랑을 더듬어 찾는다면, 그것이 언뜻언뜻 스치는 소리까지 우주율로 반응하고, 눈앞엔 찬란한 별들이 싸륵싸륵 피어날 것이다. 그 황홀한 관능이 성스런 영혼의 탄성으로 바뀌는, 이런 아주 은밀한 생을 꿈꾸면 얼마나 좋겠는가.

『연애론』을 쓴 스탕달은 사랑에 빠지는 것을 서리 같은 결정체가 형성되는 변형 과정에 비유했다. 그는 "잘츠부르크에 있는 광산을 방문한 사람들은 잎이 다 떨어진 겨울의 나뭇가지들을 깊은 굴속으로 던지곤 한다. 두어 달 후에 그 나뭇가지들을 꺼내 보면 그것들이 반짝이는 결정체들로 덮여 있는 것을 보게 된다."고 썼다.

비록 그 수정 같은 결정체는 부서지기 쉽고 오래 지속되지도 않지만, 그처럼 우리의 영혼은 항상 자기가 꿈꾸는 어떤 이상형을 만들어 낸다. 그래서 인간의 형상으로 나타난 자신의 이상형을 만날 때마다 결정체를 형성하는 작업을 자기도 몰래 시작한다. 그러기에 끝내 부서질지라도 사랑의 합일을 꿈꾸는 것은 허망한 짓이라기보다는 인간의 근원적 욕망인 셈이다.

물론 정신분석학자 라캉이 얘기한 것처럼 사랑하는 사람들 사이의 완전한 합일은 불가능할 수도 있다. 이런 라캉의 논리를 받아 이종영은 『사랑에서 악으로』라는 책에서 "각각의 주체는 아주 작은 창문이 달린 단자(單子)적 존재여서 서로의 내면을 환히 들여다볼 수 없다."고 하며 사랑의 근원적 확인 불가능성에 대해 다시 한 번 확인한다.

게다가 위에서 말한 것처럼 사랑의 상태는 상대에 대한 '이상화' 과정을 동반하는데, 이 이상화라는 것은 일종의 비현실적 환상이어서 결국에는 깨질 수밖에 없고, 그렇게 될 때 사랑의 감정은 근본적으로 흔들리게 된다는 것이다. 만약 그렇다면 여기서 불안이 생길 것은 당연한 이치다.

결국 불안은 질투를 낳고, 질투는 다른 잠재적 경쟁자를 제압해 사랑을 독점하고 확인하려는 욕망을 낳는다. 이 욕망은 강제로라도 사랑과 인정을 얻으려는 지배 욕망이며, 이 지배 욕망은 지배를 가능케 하는 권력 욕망을 낳는다고까지 몰아가는 논리가 물론 타당할 수 있다.

하지만 사랑은 그런 논리 이전에 지금 연인의 어깨에 팔을 둘러 감싸 안거나 연인의 보드라운 귓불을 만지작거려 주는 것이다. "달은 깊어 밤이 삼경인데, 두 사람의 마음은 오직 두 사람만이 안다."고 했다. 사랑은 두 사람만이 아는 비밀이다. 그런데 여기에다가 또 누구처럼 "그러나 삼경이든 오경이든 두 사람의 마음을 두 사람조차 모른다는 사실 속에 사랑의 진실이 맥동하는 법이다."라고 초를 더 세게 칠 필요까진 없다고 생각한다. 넘침이 모자람만 못할 수도 있으니 말이다.

어쨌든 바람이 나뭇잎을 한번 살짝 살랑이다가 스치는 것 같은 사랑일지라도 나는 오늘밤 애인의 둥그런 가슴에 나의 손을 얹겠다. 애인의 그 '새하얀 눈부심' 위에 얹고 있는 손은 곧 우주에 손을 얹고 있는 것이다.

- 월간 『풍경』

공명(共鳴)에 대하여

시인 블레이크 말이 아니더라도 한 그루의 나무가 어떤 사람에게는 기쁨의 눈물을 흘리도록 감동을 주는 데에 반하여 다른 사람의 눈에는 공연히 쓸데없이 갈 길을 방해하는 하나의 푸른 물건에 지나지 않는다.

익히 알다시피 예전 시골 마을에서 동구 밖의 오랜 느티나무는 대개 당산나무로 지정되어 사람들에게 제사를 받거나 혹은 정자나무로 불리며 그 마을과 희로애락과 흥망성쇠를 같이했다. 하나의 신목(神木)으로 섬김을 받으며 지상의 소원을 하늘에 올리고 하늘의 영을 지상에 내려주던 나무, 또한 그 그늘에서 삶의 휴식과 오락을 취하고 그 싱싱한 기운으로 마을의 대소사를 논의하게 하던 나무는 사실 우리의 삶의 한 부분이었다. 동시에 우리의 삶은 그 나무라는 자연의 한 부분이었다.

　우리는 그렇게 자연과 교감을 이루며 살아왔다. 하지만 오늘날 우리들은 나무를 대개 유용성의 차원에서 바라본다. 저 나무는 빼어난 관상용이고 이 나무는 아주 좋은 유실수(有實樹)라는 식의 인간중심적 사고로 나무를 바라보는 것이다. 이때 나무라는 존재와 나라는 존재의 교감은 가능하지 않다. 그런 인간중심적 사고를 가진 사람들이 개발독재 시절에 당산제를 올리는 것을 미신이라고 여기고, 또 그 당산나무가 '새마을 길'을 넓히는 데 장애가 된다 해서 전기톱으로 무자비하게 베어 버린 일이 도처에서 일어나곤 했다.

　그런데, 도대체 사람이 사람 아닌 자연하고 어떻게 교감할 수 있느냐고 묻는 사람에게 다음의 북미 원주민 무당의 이야기를 들려주는 것은 그 사람에게 더욱더 실소나 자아내게 할지도 모른다

　　우리 부족의 젊은이들에게 자연과 자신의 직감과 교류하는 법을 가르치기 위해 우리 노인들은 그들을 숲 속으로 데려가 눈을 가리고 저마다 특정한 나무 옆에 앉게 했다. "우리가 다시 올 때까지 눈을 가리고 여기

앉아 있어라. 이 나무를 껴안고 옆에 서 보아라." 그렇
게 한나절이 지난 뒤에 노인들은 젊은이들을 다시 마을
로 데려와 눈가리개를 풀어 주고는 이렇게 말했다. "가
서 네 나무를 찾아보아라." 젊은이들은 자신들과 함께
시간을 보냈던 그 나무를 찾을 수 있었다.

베어 하트의 『인생과 자연을 바라보는 지혜』라는 책에
나온 이야기다. 젊은이들은 바로 자기들의 나무를 껴안고
있는 동안 나무와 어떤 종류의 것이건 교감이 가능했기에
곧바로 자신의 나무를 찾은 게 아니겠는가. 이것을 비합
리적이라고 단정해 버리는 사람들도 다음에 옮기는 「초록
성화(聖火)의 길」이란 시를 한 편 정도는 읽고 고개를 돌
려도 좋을 것 같다.

하늘에 닿을 듯 수려 찬란한 메타세콰이어. 저 나
무를 커다란 초록 성화라 해도 괜찮겠다. 담양에서 순
창까지의 시오릿길에 도열한, 저 초록 성화 천여 자루.
내가 너희로 인해 세상을 수긍할 때 나는 무엇을 본 셈
일까. 초록 성화의 길 저곳으로, 싱싱 씽씽 은륜을 밟
는 아이들의 꿈, 스치는 이팝꽃 향기. 아득했다 하자.

초록 성화의 길 저곳으로, 뒤뚱거리는 한 노부부의 어두운 귀, 저미는 까치집 소리. 따뜻했다 하자. 나는 한숨과 탄식의 길을 걸어왔다. 초록 성화의 저 길로 어느 비바람 치는 날 非非非 잎새 날릴 때, 터덜거리는 시골버스는 나보다 더 터덜거렸다. 터덜거리는 뒤끝이 별들의 푸른 밀어 쪽이라면, 그 푸른 전설들이 가지 끝마다 주저리주저리 열린다면, 저 나무가 한겨울 큰 눈 뒤집어쓴들, 어느 나그네의 시금(詩琴)이 울려나지 않을 리 없겠지. 나는 때로 슬픈 것을 좋아한다. 저 나무에 걸리던 동박새와 소쩍새의 울음을 추억한다. 나는 또한 생생한 것을 좋아한다. 저 나무를 흔들던 쓰르라미와 씨르래기의 노래를 기억한다. 초록 성화의 길, 저 길이 급기야 불끈! 청청! 하느님에게까지 닿는 길이거늘 나는 이제 고요하여도 되는가. 하면 저 길이 길이거늘 저 길을 잘라내고 웬 길을 내려는가. 마을에선 왜 조종(弔鐘)을 울려대지 않는가. 너와 나는 뜨거운 팔짱 끼고, 저 초록 성화의 길 아득한 소실점 속으로, 어떤 씩씩한 사랑으로 차마 사라지는가. 오늘은 염천, 저 초록 성화는 저희들끼리 분기탱천, 더욱 타오른다면, 나는 또 세상에 대하여 무엇을 소리칠까.

이 시는 내 고향 담양과 순창 간 시오릿길에 도열한 1,000여 그루의 메타세콰이어의 안녕과 무사를 기원하여 쓴 시다. 메타세콰이어는 은행나무 등과 함께 고생대 아래 살아남은 몇 되지 않는 나무다. 이 나무는 내 고등학교 시절 예의 길 양옆의 가로수로 심어져 한 사오십 년 자라는 동안 지금은 숫제 길을 아치 터널로 만들어 버릴 정도로 장관이다. 많은 여행객들의 찬탄을 부르고 급기야 여러 영화 촬영의 명소까지 되어 있다. 그런데 이 수려 찬란한 메타세콰이어 한쪽 오백여 그루를 베어 내겠다는 것이었다. 차량 증가로 인한 도로 확장 때문에 불가피하게 나무가 잘려 나갈 운명에 처하게 된 것이다.

나는 이 계획을 듣고 얼마나 놀랐는지 모른다. 그 나무들을 베어 낼 때 실제로 베어지는 것은 오백 그루의 나무일지 모르지만, 그 나무와 함께 사라지는 많은 보이지 않는 것들을 생각하지 않을 수 없었다. 그 준수하고 씩씩한 나무를 바라보며 세상을 수긍하고 절망에서 벗어나던 일, 그 길을 싱싱 씽씽 자전거로 달리던 아이들의 꿈, 그 나무에 깃들이던 까치집과 소쩍새의 울음, 그 나무 가지 끝에 매달리던 별들과 연인들의 사랑과 나그네의 시심(詩心),

하늘까지 닿는 그 훤칠한 키로 인해 생기던 경건한 신심 등이 한꺼번에 베어질 수밖에 없다는 생각 말이다. 어쩌면 그 나무의 길이 우리가 그토록 찾아 헤매던 진리 혹은 구원의 길일 수도 있을진대, 이런 길을 잘라내고 더 이상 무슨 길을 내겠다는 것인지 나는 이해할 수가 없었다.

헨리 데이빗 소로우가 『월든』에서 자기가 사는 오두막 집 뒤편의 오래된 참나무가 개발업자들에게 쓰러져 가자 이에 대한 안타까움과 분노로 "마을에선 왜 조종(弔鐘)을 울려대지 않는가!"라고 외쳐 댔던 것처럼 나도 나무를 베는 일을 막지 않고서는 이제 세상에 대해서 그 무슨 말도 할 수 없을 것이란 생각이 들어 이 시를 쓰게 되었던 것이다. 다행히 나중에 군민들의 강력한 벌목 반대 운동과 이에 대한 전국 네티즌들의 후원으로 나무들은 그대로 놔둔 채 다른 쪽으로 새 길을 뚫게 되었으니 참으로 다행한 일이 아닐 수 없었다.

예전 사람들은 호랑이가 한밤에 어흥! 하고 포효하는 소리를 듣고 그걸 산신령이 소리치는 걸로 믿었다는 말을 들은 적이 있다. 그러니까 호랑이가 곧 산신령이라는 이 말이 무슨 말인가 하고 궁금해 했는데, 얼마 전 도올 김용

옥의 『노자와 21세기』를 읽다가 무릎을 치며 깨달은 적이
있다.

호랑이 한 마리가 살기 위해서는 최소한 멧돼지 백
마리 이상은 살아야 할 것이고, 멧돼지 백 마리가 살기
위해서는 수만 마리의 다람쥐가 있어야 할 것이고, 수
만 마리의 다람쥐가 있기 위해서는 수백 수천만 개의
도토리가 있어야 할 것이고, 수백 수천만 개의 도토리
가 있기 위해서는 수십만 그루의 도토리나무가 있는 숲
(Forest)이 형성되어 있어야 할 것이다. 즉 호랑이 한
마리가 살기 위한 에코시스템의 범주는 반드시 "신령스
러운" 산 곧 숲을 요구하고 있는 것이다. 다시 말해서
호랑이는 곧 산의 신령스러움의 물상적(物象的) 표현인
것이다. 우리는 호랑이가 곧 산의 신령스러움이요, 산
의 신령스러움의 의인화된 인격체가 곧 산신령 할아버
지인 것을 발견한다. 호랑이는 곧 산신령인 것이다.

부연하면 호랑이 한 마리가 거니는 그 숲은 녹음이 우
거지고, 아름드리나무들이 빽빽이 들어차고, 또 안개가
끼고, 계곡에 물이 흐르고, 온갖 생물체가 서식하여서, 기

상 조건까지 변화를 일으킨다. 이는 곧 수리적(數理的) 합리성을 거부하는 어떤 성질을 발현하게 된 것이니, 바로 신령스러움이다.

얘기인즉슨, 나무 한 그루가 베어지지 않고 그대로 존재할 수 있는 것은 호랑이 한 마리가 숲에서 어흥 하고 소리치는 것과 같은 일로, 모든 존재들은 서로의 교감 혹은 감응, 혹은 공명(共鳴)을 통해 삶을 도모하는 것이다. 이것이 생태 사슬이요 에코시스템일진대, 거기에서 유독 사람만이 잘나서 생명의 직물을 찢어 대고 있다. 그래서 이미 우리의 삶에서 신령스러움이 사라져 버렸다고 안타까워하는 사람도 많으니 이 일을 어쩌는가.

— 월간 『작은 것이 아름답다』

스스로 선택한 가난

어느 총선에서 50대의 국회의원 후보가 마이너스 2천만 원인 자신의 재산 명세서를 공개하며 나는 이렇게 청빈한 삶을 살았으니 유권자 여러분의 깨끗한 한 표를 달라고 했던 모양이다. 그러자 상대 후보는 나이 쉰이 되도록 무엇을 했기에 그렇게 마이너스 인생을 살게 됐느냐, 이런 무능한 후보를 뽑으면 나라의 경제 꼴이 어떻게 되겠느냐며 되받아쳤다.

결국 경제를 우선으로 아는 유권자들도 그 마이너스 후보 대신 재력가로 소문난 후보를 선택했는데, 어쩌면 그것은 너무도 당연한 일이다. 오늘날 자본이 전 지구를 지배하는 세상에서 예의 가난은 '무능'의 상징이자 '부도덕'으로까지 취급받기 십상이기 때문이다.

반면 아무리 추악하게 돈을 벌었을지라도 그 돈을 많이 가진 자는 정치계건 경제계건 엄청난 영향력을 행사할 수 있게 된 것이 또한 오늘의 현실이다. 문민정부 초기에 빠찡꼬 대부로 소문났었고, 그 탓에 감옥까지 가야 했던 한 인사가 그 뒤 부도 일보 직전의 국내 유수의 출판사에 자금을 지원해 주어 그 출판사가 기사회생할 수 있었다는 얘기를 들은 적이 있다. 이를 두고 진실과 양심의 문학을 한다는 사람들마저 참 잘한 일이라며 입에 침이 마르게 칭찬하는 모습을 보고 쓴웃음을 지은 적이 있다. 이처럼 돈만 가지면 악마가 순식간에 천사도 될 수 있으니 일반 사람인들 왜 돈 버는 데 혈안이 되지 않겠는가.

그러고 보면 나라의 경제를 제대로 운영하지 못한 정부들이 국적(國賊) 취급을 받는 것도 어쩌면 당연한지도 모른다. 돈의 있고 없음이 모든 것의 가치 판단의 기준이 되어 있는 사회에서 나라와 국민의 곳간을 텅텅 비게 만들어 버렸다면 역적 취급당할 것은 너무나 당연한 일이 아니겠는가.

그런데 요즘 우리가 겪고 있는 경제 난국은 하루아침에 갑자기 일어난 사건이 아니다. 그건 위기관리에 무능하고 더구나 정직하지 못한 무책임한 정부들에 일차적인 책임이 있긴 하다. 하지만 좀 더 본질적인 문제는 우리나라 역대 정권 담당자들이 모든 정책 이념을 경제 제일주의에 둔 탓이다. 유한한 인간 존재로서 한정된 지구 자원으로 무한한 경제 성장을 추구하려는 생각부터가 그릇된 망상이다. 또 그 그릇된 망상을 좇아 온 국민이 너나없이 돈 버는 데 혈안이 되고, 그 돈으로 소비가 미덕이라며 흥청망청한 생활을 했으니 어찌 오늘날 경제가 파탄 지경에 이르지 않고 배기겠는가.

한때 국민소득 2만 달러의 문턱에서 그 씀씀이는 나라 안팎 가릴 것 없이 3만, 4만 달러를 넘은 때가 있었다. 세계화 국제화라는 명분으로 게건 고둥이건 해외여행에 열을 내고, 하룻밤 술 마시는 데 2, 3백만 원의 술값을 쓰는 부유층 자녀들이 판치는 나라가 어찌 온전할 수 있으리라 믿었단 말인가.

얼마 전 텔레비전을 보니 이런 어려운 경제 상황 속에서도 서울 강남의 호화 나이트클럽에서 열두 시만 되면 홀이 꽉꽉 들어차서 거기에 못 들어간 사람들은 몇 시간씩이나 밖에서 발을 동동 구르고 있었다. 물론 그 주차장엔 피아트, 볼보, 크라이슬러 등 외제차가 아니면 주차조차 할 수 없다는 것이었다.

부자들은 그런다고 하더라도 사실 일반 국민은 그간 얼마나 검소한 생활을 해 왔던 것인가. 대답은 '아니다'이다. 가장 비근한 예로 오늘날 우리는 사람의 목숨을 이어 주는 음식물을 아낄 줄 모르고 너무도 함부로 버린다. 이 나라에서 하루에 발생하는 생활 쓰레기 중 3분의 1이 음식 쓰레기다. 이를 돈으로 환산하면 연간 18조 원이라고 한다. 지금 우리의 한쪽인 북한에선 굶어 죽는 사람들이 수두룩하다는데 목숨과 같은 음식물을 이렇게 마구잡이로 버리는 것이다.

한쪽에선 굶어 죽고, 한쪽에선 살을 빼느라 텔레비전 프로그램까지 동원되어 온갖 짓을 다 하는 세상이 결코 올바른 세상은 아니리라. 물론 음식뿐만 아니라 멀쩡한 의류나 가재도구나 자가용도 새 모델, 새 유행을 따라 새로 구입하는 일을 서슴지 않는 것은 누구나 다 아는 일이다.

우리의 이와 같은 분수 넘친 소비 행태는 대량 생산, 대량 소비라는 미국식 산업 구조에서 비롯된 소비주의의 생활 방식에 잘못 길들여진 폐습이다. 그 결과 경제성장이 삶의 기쁨이나 충만을 가져오기보다는 무차별한 환경 파괴와 환경오염을 초래하여 사람이 설 자리가 사라져 가게 됐다. 인간의 진정한 행복은 물질적 생산과 소비의 증대에 있는 것이 아니다. 사람과 사람, 인간과 자연 사이의 조화로운 관계에 의해서 이루어진다.

국민총생산과 같은 단순한 수량적 척도로 사회 발전을 따지는 문화 속에서 인간은 하나의 도구로 전락하고 만다. 끝없는 경제 성장과 물질적 번영은 정신적인 빈곤과 심리적 불안정, 그리고 생명력의 상실을 가져온다. 2만 달러, 3만 달러라는 국민소득 수치를 늘 외쳐 대지만 가난한 사람은 늘 가난하고, 가진 자들은 날이면 날마다 경제제일만을 외쳐 대는 일에 게거품을 무는 것이다.

바로 이러한 시대에 가난, 청빈 나아가 무소유의 삶이 새삼스럽게 거론되는 건 참으로 다행한 일이 아닐 수 없다. 자본주의 사회에서 치욕이 되는 가난을 극복하고자 부지런히 일하여 정당하게 번 돈으로 생활을 윤택하게 하려는 사람들의 일반적인 욕망을 나무랄 것은 없다. 하지만 학력이 없어서 가고 싶은 회사에 가지 못하고, 기본적인 자산이 없어서 하고 싶은 사업을 못한 채 힘든 '노가다판'이나, 경쟁력이 없는 농사일이나, 세일즈 등의 현장에서 허덕여야 하는 사람들은 아무리 일해도 가난에서 탈출하는 게 결코 쉽지 않다.

그런데 어찌 이들을 무능하고 부도덕하다고 할 수 있

겠는가. 모두 다 돈을 벌려는 일반적인 욕망이 정당성을
확보하려면 일단 모든 사람들이 돈을 벌 수 있는 공정한
기회를 제도적으로 보장받아야 한다.

그런데 내가 지금 얘기하고자 하는 것은 가치 판단에
서 돈이 최우선시 되는 사회에 반하여 인간주의의 가치를
들고 스스로 가난을 선택한 사람들의 이야기다. 가난한
삶, 청빈의 삶이란 바로 스스로 선택한 가난의 삶을 사는
것으로, 이런 삶을 사는 사람들은 결코 이 사회에서 무능
한 죄인의 취급을 받으면 아니 된다.

명나라 때 호거인이라는 사람은 집안이 매우 가난하여
해진 옷에 거친 밥을 먹으며 살면서도 태연히 이렇게 말하
였다고 한다. "인의(仁義)로 몸을 윤택하게 하고 책꽂이로
집을 장식하면 족하다." 이 정도의 의지를 내비친 것으로
보아 스스로 선택한 가난을 즐기며 인간에 대한 예의와 정
신의 최고봉을 지켜 낸 유학자의 삶의 태도가 너무도 의연
하게 보인다.

또 나는 이원섭이 지은 『선시(禪詩)』라는 책에서 다음
과 같은 시 한 수를 보고 큰 충격을 받았다.

화전에서 거둬들인

밥은 좁쌀밥

야채에 소금절인
누우런 김치!

먹겠거든 먹는 대로
둬두려니와

싫거든 어디든지
뜻대로 가 보게나

　이 시는 이름이 우두미라는 송대의 선사가 그를 찾아
온 한 승려와 나눈 선문답인데, 이 말에는 가난을 슬퍼한
다든가 불평하는 따위의 기색은 전혀 안 보인다. 그에게
는 가난이라는 의식도 없다. 조밥에 소금절인 김치를 당
연한 것으로 받아들이는 생활이 있을 뿐이다. 그리고 이
조밥이야말로 법희식(法喜食)이요, 선열식(禪悅食)이라는
따위의 자부가 있는 것도 아니다. 그는 그 같은 관념들을
모두 떨쳐 버린다. 그에게는 부처님이나 깨달음조차 없
고, 있는 것은 오로지 조밥에 소금절인 김치로 살아가는

나날이 있을 뿐이다. 그리고 그것이 그가 추구하는 선(禪)의 가풍(家風)인 것이다.

우리나라 시 중 김상용의 「남으로 창을 내겠소」라는 시도 있다.

> 남으로 창을 내겠소
> 밭이 한참 갈이
> 괭이로 파고
> 호미론 김을 매지요
>
> 구름이 꼬인다 갈 리 있소
> 새노래는 공으로 들으랴오.
>
> 강냉이가 익걸랑
> 함께 왜 자셔도 좋소
>
> 왜 사냐건
> 웃지요

이 시는 노장의 무위자연사상을 밑바탕에 깔고 있는

데, 사상의 높이와 깊이로 가난을 스스로 선택한 자의 여유가 너무도 아름다워 오늘날 물질이 주인 되어 있는 세상에 대한 멋진 일갈로 보이기까지 한다.

경제 위기가 심각한 상황 속에서 우리는 새삼스럽게 가난의 미덕을 생각할 때가 되었다. 얼마 전 무소유의 삶을 일관하다 자연으로 돌아간 법정 스님에 의하면 주어진 가난은 극복해야 할 과제이지만 스스로 자제하면서 선택한 맑은 가난, 즉 청빈의 삶은 미덕이라 한다. 청빈이란 단순한 가난이 아니라 자연과 생명을 같이하고 이 세상의 모든 것과 조화를 이루며 함께 살아가는 삶을 뜻한다. 그러니 자신의 생각과 의지로 선택한 간소한 삶의 형태가 곧 청빈인 것이다.

이런 청빈의 전범을 보여 준 사람이 있다. 우선 최승호의 「물을 닮은 사람」이라는 시를 한 편 먼저 읽어 보자.

물은 낮은 곳을 향하면서 악어에게도 자신을 주고, 물뚱뚱이 하마와 물벼룩에게도 자신을 준다. 밉고 고운 것을 떠나서 아낌없이 자신을 주는 것이다. 그런 물처럼, 자신이 가장 낮은 자이기를 바라면서 겸손과 큰 사랑으로 살다 간 사람이 있다. 바로 성 프란체스코가 그

분이다. 그는 무소유(無所有)로 자신을 청정하게 했고, 지극한 청빈의 가벼움으로 하늘에 올랐다. 마치 물이 흘러가다 물안개로 오르듯이 말이다. 그러나 그의 청빈은 물(物)을 벗어난 물외(物外)의 일이어서, 물방울보다 훨씬 맑고 가벼웠는지 모른다. 나는 그가 궁극에는 자신이 가장 낮은 자이기를 바라던 바람조차도 버렸을 거라고 생각한다. 그리하여 성 프란체스코는 자신을 철저하게 비운 자가 되었고, 그가 하느님이라고 불렀던 절대와 하나 됨을 이루었던 것이다.

아씨시 사람 성 프란체스코는 이탈리아의 성직자로서 성인(聖人)의 칭호를 받은 사람이다. 그는 유복한 상인의 집안에서 태어나 젊어서는 방탕한 생활을 했다. 그러나 나중 이를 크게 회개하고 극도의 청빈 생활을 하며 수도에 힘썼던 것이다. 마침내 1209년에는 교황의 허락을 받아 '소형제수도회(小兄弟修道會: 프란체스코회)'를 창립하고 예의 청빈 생활과 포교, 교육, 애육(愛育) 사업을 벌였다. 비록 마흔네 살의 한창 나이로 육신을 거두었지만 그의 투철한 구도 정신과 이웃에 대한 사랑은 세월이 갈수록 더욱 빛을 발하고 있다. 그래서 그는 소형제보다 '만인의 형제'

임에 틀림없는 것이다.

역시 법정 스님의 산문에 의하면 성인이 수도하고 임종한 뽀르찌웅꼴라의 성모 성당은 아주 비좁고 초라하기 그지없지만 바로 그곳에서 성인과 그의 형제들은 '거룩한 가난'과 사랑의 싹을 틔워 그 시대뿐만 아니라 오늘날까지도 청빈 수도의 전범을 보여 줬다고 한다. 그 청빈 수도의 한 일화가 있다.

그의 삶과 수도 생활에 대하여 쓴 『빼루지아전기』에 의하면 그는 형제들의 집과 오두막이 수도자의 신분에 잘 어울리도록 보다 작고 보다 검소하게 짓기를 바랐고, 가난과 겸손함을 안전하게 지키기 위해 형제들의 모든 집과 오두막을 반드시 흙과 나무로만 지어야 한다는 내용을 유언장에다 넣도록 고집하기까지 했다고 한다.

특히 그는 병약한 몸이면서도 자신에게 아주 엄격했는데 죽을 때까지 갖가지 병을 앓으면서도 곡식과 채소로 된 음식만을 그것도 조금밖에 들지 않았던 것이다. 곁에서 간호하던 형제들이 환자의 건강을 염려해서 음식에 약간의 고기를 몰래 넣어 요리를 했다. 그러자 어느 날 당신이 설교하던 광장에 군중을 모이게 한 다음 이렇게 말한다. "여러분은 내가 세속을 떠나 형제회에 입회하였으며 형제들을 인도하는 나를 보고 거룩한 사람으로 여기고 있습니다. 그렇지만 하나님과 여러분 앞에 고백합니다만, 나는 아프다는 핑계로 고기와 그 국물을 먹었습니다." 이 말을 듣고 자비심과 연민에 북받친 사람들은 모두 눈물을 흘렸다고 한다. 그는 하나님에게 알려진 일을 사람들에게 숨기지 않았기 때문이다.

이런 성 프란체스코의 삶을 최승호 시인은 자기를 철저하게 '텅 빈 존재'로 승화시킨 사람의 하나로 본다. 그는 성 프란체스코에게서 편견이나 사욕이 없는 베풂과 사랑의 극치를 보았고, 또한 무소유와 무집착으로 인한 정신의 자유와 청빈의 숭고함을 보았다. 뿐만 아니라 그는 성 프란체스코에게서 자신이 무욕과 겸허를 추구하려는 그 욕구조차도 망각한, 무욕과 겸허 그 자체가 된 것을 보았다. 따라서 그는 성 프란체스코의 삶을 통하여 자신을 철저하게 비운 자만이 절대의 진리와 만날 수 있다는 심오한 원리를 터득하고 확인한 것이다.

최승호의 시와 성 프란체스코의 삶을 무단히 들춘 것은 아니다. 최승호의 시와 그 시가 노래한 성 프란체스코의 삶은 철저히 자본주의적 양식과는 반대되는 삶의 양식을 보여 준다. 참으로 독특하고, 그 독특함이 오히려 오늘날 보편적 삶의 양태가 되어 있는 자본주의적 삶의 허점을 예리하게 찔러 댄다.

시의 표현법을 따른다면 "그의 청빈은 물(物)을 벗어난 물외(物外)의 일이어서 물방울보다 훨씬 맑고 가벼웠을지" 모를 정신의 절대 경지였다. 요샛말로 풀면 모든 것을 물질적으로 판단할 수밖에 없는 자본이 지배해 버린 땅에서 고고한 정신의 경지를 세우고자 하는 삶이었기에 현실적으로는 극빈의 생활이었지만 스스로 가난을 선택한 측면에선 청빈, 곧 거룩한 가난이 될 수 있다는 것이다.

언감생심, 프란체스코의 삶을 꿈꿀 수는 없지만 그런 삶을 동경해 보고 싶기는 하다. 문명의 금가루와 정액과 피가 덕지덕지 발라진 시도 좋지만 최승호의 우주까지 확대된 생명시 같은 것을 써 보고도 싶다. 남 목숨 걸고 살아가는 세상에서 한가한 소리나 하고 있다고 비난하는 사람도 있을 것이다. 하지만 그들은 돈을 무척 추구하고 나는 '돈이라는 것은 있으면 쓰고 없으면 말고 하는 것' 정도로 여기고 있는 사람이다.

또 남들은 오줌 누고 뭐 볼 짬도 없이 일하여 국가 경제 발전에 혼신을 쏟고 있는데 염장 지르는 소리나 하고 있다고 거국적으로 나올 사람도 있을 것이다. 하지만 누군가 열심히 일하여 빵을 두 개 가졌다면 그 한 개를 남에게 주어 버리고 그 빈손으로 수선화를 받으라는 말도 있다. 사람은 튼튼한 국가 경제로만 살아가는 것이 아니라 고고한 정신으로 살아간다는 것을 저 인도인들은 너무도 자연스럽게 증명하고 있다.

끝을 모르는 물질과 욕망은 삶을 타락으로 이끌고 경제를 파탄으로 내몰지만 맑은 가난은 우리에게 세상 자연의 아름다움을 보게 하고 마음의 평화를 가져오게 한다. 오늘 우리 앞에 닥친 시련은 물질적인 풍요에만 눈이 멀었던 우리에게 자신의 분수를 헤아리게 하고 맑은 가난의 의미를 되돌아보는 계기가 되게 했으니 어찌 보면 잘된 일이기도 하다.

－『꽃이 피는 그 산 아래 나는 서 있네』, 좋은생각

제2부

어머니의 노역(奴役)

어머니 살아 계실 적에 태풍 루사가 전국을 할퀴고 간 뒤, 고향 마을에 갔었다. 고향은 피해가 그리 심각한 것은 아니었지만 슬레이트집이었던 우리 집은 한쪽 지붕이 날아가는 바람에 방 안의 가구가 물에 젖어 버렸다. 그중엔 대나무로 짠 어머니의 아주 오래된 고리짝도 있었다.

햇볕에 내놓고 그 고리짝을 뒤지는데, 내 아버지의 학생부군(學生府君)에 머문 족보며 그 학생부군께서 노동과 술로 세상을 읽다가 남긴 누옥삼간과 몇 뙈기 전답 문서가 나왔다. 그리고 어머니가 시집올 때 입고 와 그때까지 소중히 간직했다는 공단 치마며 색동 고무신, 아이들의 배내옷이 몇 벌 나오는가 했더니 그 밑에 또 뭔가가 있었다.

퇴색한 한지에 각각 싸인 일곱 개의 그것은 궁금증과

설렘을 동시에 갖게 했다. 이내 그것들을 펼쳐 보니 검고, 딱딱하고, 우둘투둘한 아기 주먹송이만 한 덩이들이었다. 무엇인지 도대체 짐작이 안 가 어머니에게 여쭈었더니 한참을 망설이다가 한숨을 꺼져라 내쉬고는, 그것이 너희들 태반덩이라고 하는 것이었다.

그러니까 궁벽진 산 밑 마을에서 궁벽진 삶을 살았던 어머니는 병원 한 번 가지 못하고 우리 아홉 남매를 모두 집에서 낳았는데, 그 바람에 자연히 태반도 뒤란에서 장작을 쌓아 놓고 태웠다. 장작불에 태우고 태우다 마지막 타지 않는 그 차돌같이 단단하게 졸아 굳은 태반을 아버지가 거두어 그토록 고이 간직해 왔다는 것이었다.

너무 놀랍고 눈물이 왈칵 쏟아지는 일이었다. 나는 그 와중에서도 왜 아홉 자식인데 두 개가 모자라느냐 했더니 중간중간 고리짝을 정리하다가 잃어버렸다고 했다. 그 탓인지 누님 한 분은 실연 때문에 젊은 나이에 세상을 등졌고, 장형님은 여러 가지 사업 실패로 지금도 고향에 돌아오지 않고 십수 년째 가출 상태에 있으니, 정녕 소슬한 일이다.

어머니는 팔도 처처의 땅문서도 아니고, 이 계좌 저 계좌 예금 통장도 아닌 그것을 왜 그리 간직했을까. 어쩌자고 입때껏 좀도 벌레도 슬지 않고, 졸아든 원래 그대로 흠도 금도 가지 않은 그것을 무슨 소중한 보석이라도 되는 듯, 사오십 년씩이나 간직하며 도대체 무엇을 빌고 빌었을까. 참으로 만감이 교차하는 일이었다.

오스트리아의 작가 페터 한트케의 『소망 없는 불행』이란 소설이 있다. 1971년 다량의 수면제를 복용하고 자살한 작가의 어머니 생애를 다룬 소설이다. 작가의 어머니는 머슴의 딸로 태어났다. 여자로 태어난다는 게 애당초부터 치명적인 일이 되던 시대에 짐승보다 못하게 태어난 것이다. '가난'이라는 말은 오히려 사치스러울 정도로 "단 하나밖에 없는 양재기가 밤에는 요강으로 쓰였다가 다음날에는 밀가루를 반죽하는 그릇으로 사용되는 가정"의 극빈 속에서 말이다. 그래서 그녀는 "모든 것은 이미 정해져 있었고 가능성이란 도대체 없었던" 삶을 살게 된 것이다.

결국 가출하여 도시에서 설거지 보조원, 객실 하녀일 외에 다른 대안은 없는 삶을 살다가, 자기 나라의 적국인 독일 나치당의 경리담당 장교인 유부남과 잠을 자서 작가를 낳았다. 나중에 다시 술주정뱅이에다 폭력마저 행사하고 도망가 다른 여자와 살아 버린 독일 하사와 결혼했지만 그 남편 모르게 꼬챙이로 아이를 유산했고, 결국 성(性)

없는 존재가 되어 버린 뒤 고향으로 다시 돌아와 일상의 사소함 속에 자신을 묻어 버린 여자로 살았다.

"버림받은, 버림받은/거리의 돌멩이처럼/그렇게 난 버림받았네"라는 노래나 부르며, "오늘이 어제였고, 어제의 모든 것이 예전대로였다"는 기계와 같은 삶을 살면서, 끝내는 "난 어디론가 떠나고 싶지만 집으로 돌아오는 길을 찾지 못할까 봐 겁이 나"서 떠나지도 못하고 평생을 노역한 어머니! 그녀를 작가는 참으로 침착하고도 냉정하게 서술했던 것이다.

그 소설을 읽으면서 난 그녀의 삶이 상황과 스토리는 많이 다르지만 나의 어머니의 삶과 또 많은 것이 오버랩되는 것을 어찌할 수 없었다. 하지만 작가 한트케의 어머니는 "아이들이 무언가를 소망할 때에도 비웃음으로써 그들의 입을 막아 버렸던" 데 반하여 나의 어머니는 그 새까맣게 졸아든 태반덩이의 임자들 때문에 스스로가 새까맣게 졸아들면서도 날이면 날마다 비손을 그만두지 않았던 게 다르다. 아홉 남매에 대한 끝없는 비손은 어머니에게 삶의 노역이었지만, 딴엔 그것이 또 당신의 삶의 힘이었던 것은 아니었을까.

-『월간 에세이』

생의 축복과 슬픔인 누이들

어느 순간 예기치 않은 축복이나 저주처럼 찾아와 나를 온통 환하게 하는 경이와 전율에 빠뜨리거나 반대로 창자가 끊기는 슬픔과 격렬한 분노를 토하게 하는 것들이 있다. 그 축복은 숲속을 낭랑하게 울리는 휘파람새 소리를 듣듯 싱그럽고, 그 저주는 피가 거꾸로 솟아오르듯 고통스러운 것이다.

내게는 자기 자신의 성실함으로 가족에게 축복을 베푼 밑의 여동생 둘 이야기가 먼저다. 제 큰언니가 그랬던 것처럼 초등학교를 미처 졸업하기도 전에, 하나는 식당으로 다른 하나는 양장점으로 남의집살이를 간 그 애들. 그 애들이 마치 어미젖을 떼고 장에 팔려 가는 송아지처럼 떠나갔던 그 황토 먼지 이는 신작로를 생각하면 지금도 가슴이

치미고 목이 멘다.

내 아버지는 아들 다섯 딸 넷 중 누구 하나 반듯하게 공부를 시키지 못했다. 특히나 딸들은 걸레질 할 정도만 되면 객지에 내보내 밥이라도 굶게 하지 않으려고 해야만 했던 분이었다. 열아홉 살에 가출하여 강원도 산판의 벌목꾼, 아오지 탄광의 광부, 평양 여관의 불목하니, 양자강의 뗏목꾼, 만주 봉천 토목공사장의 십장, 일경의 눈을 피해 도망간 내몽고에서의 막일 등 안 해 본 일이 없이 다 해보고 서른두 살에 돌아와서, 늦게야 결혼하고도 아홉이나 되는 자녀를 둔 왕성한 생산력의 소유자였던 아버지!

더불어 두주불사(斗酒不辭)에 일만 잘 했지 사람이 좋아 할아버지에게서 물려받은 전답이며 객지에서 벌어온 돈을 애저녁에 빚보증으로 다 날려 버리고 평생을 술과 노동만으로 세상을 읽은 분이었다.

나는 그런 아버지로 인한 가정의 끝 간 데 없는 불화와 소망 없는 불행으로 진저리를 쳤다. 그래서 초등학교 3학년 이후부터 책 속으로 도피하여 스물댓 살 무렵에 이미 완전히 허무주의자가 되어 있었다. 하루하루 살아가는 일이 너무 고통스러워 소주 한 잔에 수전증이 일 정도까지 술이나 마셔 댔다. 모든 운명은 정해져 있고 그 속에서 우리는 차꼬 채인 죄수처럼 쇠사슬을 끌며 죽음의 처형장으로 가는 존재로나 여겨지던 것이 인생이었다.

그러던 어느 날, 그 예기치 않은 기적은 벌어졌다. 여동생 둘이 그 신작로 황사 속을 떠난 지 10여 년. 그 신작로의 새하얀 눈길을 걸어 천사처럼 돌아온 것이다. 설날 아침 새벽차로 돌아와선 무려 오백만 원이 넘는 돈 봉투를 술주정꾼 아버지 앞에 내놓으며 논 사서 살으시라고, 한 번 잘 살아 보시라고 눈물로 호소하던 것이다. 한마디로 내 생을 통째로 뒤흔든 순간이었다. 나는 차마 그 자리에 있지 못하고 뒤꼍으로 나와 애꿎은 오동나무만 주먹으로 쳐댔다. 뒤따라 나온 여동생들이 날 제지하며 "오빠, 공부할 돈 못 대 줘서 미안하다. 오빤 신동 소리를 들었던 사람이었는데…"라고 울먹이니, 그때 봇물 터지듯 터져 나오는 회한과 죄책감을 어떻게 참아 냈던가.

사실인즉 여동생 하나는 그때 이미 주방 일을 하고 있었고, 막내 여동생 또한 이미 예비재단사가 되어 있었는데, 하도 영리하고 성실해서 쥐꼬리만 한 월급인들 어찌 함부로 쓸 수 있었겠는가. 결국 아끼고 모아 만든 돈뭉치는 그 애들을 내쫓다시피 한 아버지 앞에 놓이고, 아버지는 빚보증으로 그 많던 논을 날린 뒤 다시 논을 닷 마지기

정도쯤 사서 가을이면 다시 수확을 하게 되었으니, 그 예기치 않은 축복을 누릴 자격이 누구에게 있던가.

나는 그로부터 회색빛 유령의 삶에서 피와 살이 도는 현실로 내려왔다. 그때까지 내게 의식만 있었지 삶은 없었던 것인데, 그 삶을 되찾아 준 것이 동생들인 셈이다. 그로부터 인간과 신의 관계에만 집착했던 문학 공부는 가난과 사회문제 쪽으로 바뀌고, 위대한 문학적 성공을 꿈꾸기 전에 하루하루 목구멍의 거미줄을 걷어 내고자 아버지를 도와 농사일을 시작한 뒤, 그로부터 15년여를 계속하였던 것이다.

다시 말해 삶의 구원을 위해 실험했던 종교로 말한다면 어떤 구원의 절대자에 대한 갈망인 수직적 신앙에만 몰두했던 데에서 절대자의 뜻이 드러나는 수평적 연대에 관심을 가지게 됐다는 것이며, 철학으로 말한다면 존재론적 의미에만 몰두했던 진리 추구에서 실제 삶이 펼쳐지는 사회적 의미에 천착하기 시작했다는 것이고, 윤리적으로는 지금까지 내면적 순결이나 도저한 고독만을 꿈꾸었던 데서 이웃의 따뜻한 정과 연민을 알기 시작했다는 얘기인 셈이다.

사람이 살다 보면 이런 예기치 않는 축복만이 아니라

느닷없이 자동차 사고로 가족을 잃거나 태풍과 폭우로 생명과 재산을 몽땅 잃은 경우처럼 저주와 같은 불행도 늘 닥쳐온다. 물론 불행을 당한 이들도 하루하루 일에 성실을 기하고 이웃과 더불어 밝아 올 미래를 늘 꿈꾸며 살아온 사람들이다. 하지만 이런 저주와 같은 불행을 전화위복의 계기로 삼아야 할 때도 있다.

역시 누이 이야기인데, 나에겐 우리 집이 폐가와 다름없는 가난뱅이, 술주정뱅이 집이라 해서 아랫마을 천석꾼집 아들과 연애를 했다가 받아들여지지 않아 실성해 버린 작은누님이 있다. 그 누님의 해산날, 그렇지 않아도 아홉째 막둥이를 낳고 산후조리가 좋지 않아 정신 줄을 놓곤 하던 어머니가 드디어 기함을 하는 바람에 아버지와 함께 누님을 이불에 싸서 리어카에 싣고 그 천석꾼 집으로 갔다. 가다가 삭풍 치고 싸락눈 치는 그 신작로에 굴러떨어진 누님은 자기 이빨로 탯줄을 끊으면서까지 해산을 해야 했다. 한마디로 짐승 같은, 목불인견의 살풍경이었다. 죽을힘을 다해 수습하여 그 집 앞까지 가 문을 두드리니 아기만 빼앗고 누님은 끝내 받아들이지 않았다. 누님은 그 길로 다시 리어카에 실려 돌아온 뒤 "내 애기 내 애기"하고 외치며 바로 실성해 버렸다. 그리고는 길거리를 떠돌

다가 5공 시절 청소차에 실려 부산의 한 기도원의 정신병동에 갇혔다가 죽은 것이 그녀의 생몰이다.

논이 없을 때 죽물(竹物) 일을 전문으로 한 집이기에 바구니를 잘 겯는 작은누님만 객지로 보내지 못했었는데, 그때 누님이 그렇게 가고 싶어 했던 서울로 갔더라면 괜찮았을 것이라고, 그 후 정신을 되찾은 어머니는 가끔씩 한탄하곤 했다. 하지만 생에 가정법이 통하지 않는다는 것은 어머니도 잘 아셨을 것이다.

어쨌거나 그 누님도 내 생을 통째로 뒤흔들었다. 나는 그로 인해 한때 더더욱 삶의 비극주의자가 되어 헤매었지만, 그 불행한 누님 때문에 이 땅의 모든 억압받고 소외받고 배신당하는 여자들에 대한 끝없는 연민을 갖게 되었고, 또 그녀들이 어떻게든 당당하게 일어서서 자기의 위대한 주체성을 찾기를 늘 기도하는 사람이 되었다.

기뻐하고 분노하고 슬퍼하고 즐거워하며 사는 것이 일상이다. 이런 일상의 희로애락을 다람쥐 쳇바퀴 돌 듯하는 게 삶이다. 하지만 어느 시인의 상상의 시에서나 나오는 발 없는 새라면 몰라도 모든 새는 나뭇가지거나 땅바닥이거나를 딛고 차야만 하늘로 비상할 수 있듯이, 사람도 일상을 딛지 않고는 어떤 꿈을 꾸건 그건 공상에 불과하다.

더구나 나날의 일들을 늘 새롭게 여기며 살아간다는
건 또한 특별한 수도자가 아니고는 거의 불가능한 일이
다. 이것을 적절히 제어하고, 오뉴월 아침 담장의 덩굴장
미가 울려 대는 그 생생한 빛과 향기의 붉은 진동을 한번
쯤 가슴으로 느낄 수 있다면 얼마나 좋으랴. 그래서 권태
와 환멸로 시달릴 때마다 나는 축복과 저주의 두 얼굴을
보여 주었던 누이들을 상기하며 늘 격렬한 희망 쪽으로 마
음을 다잡곤 한다.

— 『삶이 보이는 창』

하찮거나 위대하거나 삶인 것을

인간 조건의 부조리, 소외, 권태, 타락, 고뇌, 질병, 역사의 압제 등 현대적 테마를 냉소와 허무의 지성으로 파헤친 작가로 이름난 에밀 시오랑은 『독설의 팡세』라는 잠언집에서 "삶이란 근본적인 오류를 논하기 이전에 죽음으로도, 그리고 시의 세계로도 교정할 수 없는 저질 취미에 속한다."고 말했다. 보통 사람의 생각으로는 충격적인 말일 수 있지만 살다 보면 그런 허무적 사유를 할 수밖에 없는 일들이 종종 일어나곤 한다.

내가 40년 가까이 살았던 고향의 한 마을에서 꽤 오래전에 일어난 일이다. 동네 아주머니 한 분은 여름 내내 뙤약볕에서 일한 서방님 몸보신 시키려고 싱싱한 낙지 안주에 소주 한 병도 마련했다가 되레 서방님을 잃어야만 하는 일을 겪었다. 부지깽이 손도 빌리고 싶을 정도로 바쁜 모내기를 마치고 시장에 갔다가 어물전 함지박에서 꿈틀거리는 세발낙지를 본 순간, 일에 지쳐 새까매진 얼굴에 눈만 퀭하던 남편이 눈앞에 어른거린 것. 그래서 눈 질끈 감고 거금 이만 원을 들여 낙지 열 마리를 사서 돌아왔었다.

그리하여 잎새 그늘도 싱그러운 감나무 밑 평상 위에 호젓하게 술상을 차렸었는데, 아주머니는 바로 거기에서 온몸을 비틀며 죽어 간 서방님을 보아야 했다. 꿈틀거리는 낙지발이 기도에 붙는 바람에 숨이 막혀 죽어 간 서방님을 위해 아무 손도 쓰지 못하고, 다만 온 마당을 떼굴떼굴 굴러야 했던 것이다.

그 아주머니 소식을 듣고 난 그때 어쨌던가. 가슴이 꽉 메여 오던가. 슬픔과 안타까움에 눌리어 죽을 것만 같던가. 아니었다. 입에서 터져 나오는 말은 "참 재수 없구먼!"이라는 내뱉음이었다. 나 스스로도 놀란 그 냉소적인 내뱉음은, 삶이란 게 근본적인 부조리를 논하기 전에 이미 저질 취미도 못 된다는, 그 잿빛 니힐리즘에 허덕이던 때였기 때문이다.

그러던 차, 아랫마을 아흔일곱 살 드신 극노인의 일흔두 살 먹은 딸이 암으로 죽자 벌어진 이야기. 사망 소식을 접한, 역시 진갑을 바라보는 며느리가 벌써 십수 년간 똥오줌을 받아 내는 시어머니를 위로한답시고 말했다. "아이구 자리보전하시는 우리 어머님이나 돌아가실 일이제, 고모가 어찌 먼저 가신당가요?" 그러자 귀만은 초롱초롱한 할머니가 듣고는 "아 지년 지 명대로 살고 내사 내 명대로 사는 것인디 너 거 뭔 소리다냐, 너는 내가 죽었으면 그렇게 좋겠나?"고 빽 질렀다는 것. 그 소리가 문풍지까지 떨게 하더라는 것이다.

나는 그 말을 어머니에게 전해 듣고는, 그 할머니를 욕심 많은 노인이라고 했던가. 노망이 나지 않고서야 어찌 그렇게 말할 수 있겠느냐고 화를 냈던가. 아니었다. 오히려 할머니의 삶의 순명(順命)에 오연한 그 자세에 탁 무릎을 쳤다. 물론 너무 오래 산 자신보다 딸이 먼저 죽은 데서 온 아픔을 감추려고 짐짓 그런 소리를 질렀을 것이라고 생각할 수도 있다. 그랬더라도 달라질 것은 없다. 할머니의 삶에 대한 오연함과 당당함은 그때까지 나의 니힐리즘이 쌓은 성의 성문 한 짝을 크게 박살냈었다.

프랑스 수필가 쥘 미슐레는 "당신이 한 여인을 사랑할 때 그 여인은 절대 늙을 수 없다오."라고 했는데, 참으로 눈부신 말이다. 사실 아까시 꽃향기 같은 순결과 함께 시작된 사랑은 "내 몸이 당신에 대해 느끼는 이 매력과 신뢰감은 도대체 어디에서 나오는 것입니까?"라고 물을 정도로 강렬한 믿음과 열정을 부르게 된다. 그런 사랑의 기억을 갖고 있는 사람이라면 몸은 늙어가도 마음은 여전히 늙을 일이 없을 것이다.

삶을 너무 하찮게 여기거나, 혹은 삶을 너무 위대하게 생각하는, 그 두 가지 극단적 자세에는 모두 문제가 있는 것 같다. 사랑하는 사람을 영원히 늙지 않게 한다는 사랑도 사실 황홀과 환멸, 그 사이에 작열하는 열정으로 지속되는 게 아니던가. 그렇다면 때론 삶이 시의 세계로도 교정할 수 없는 하찮은 것으로 여겨지기도 하지만, 그런 삶의 하찮음을 사랑의 위대함으로 바꾸고 싶은 꿈도 이미 우리 안에 내재해 있는 것이다.

지는 꽃이 시궁창에 떨어지고 싶겠는가, 푸른 강물 위로 내려 유유히 흐르고 싶겠는가. 지는 꽃에게 어떤 의지가 있다는 말은 들어 보지 못했다. 그러나 인간 세계엔 자기의 불행의 족적을 춤과 사랑으로 바꾼 조르바 같은 사람이 있다. 소설 『그리스인 조르바』의 주인공 말이다.

— 『월간 에세이』

타인의 얼굴

　친구 중에 중견 건설업체의 경리부장을 역임한 사람이 있다. 그 친구가 하루 이틀 결재를 미루거나 미루지 않는가에 따라 수많은 하청업체들의 명줄이 왔다 갔다 할 정도였다니 그 위세를 알 만하지 않는가. 그런 그가 어느 날 아침 내게 전화를 해 왔다. "요새 언론에 자주 보도되는 걸 보니 다섯 번째 시집을 냈던데, 시집이나 한 권 보내 주지 넌 뭐 하냐?"

　시집이나 한 권이라니? 태반이 원고료도 없는 시를 써서 그래도 내 깐에는 심혈을 기울여 3년여 만에 시집 한 채 지어 놨더니 시집이나 한 권이라니? 친구로서 그냥 자연스럽게 흘러나온 말이려니 하는 생각은 나중 후회와 함께 들고, 당장은 비아냥거리는 소리로 들려 참을 수 없었다. "난 능력이 없어 죽을 둥 살 둥 해서 겨우 3년 만에 시집 한 채 지었는데, 넌 해마다 수천 채의 아파트를 지으면서도, 그 아파트 한 채나 보내 주지 뭐 하냐?"

친구는 전화를 끊더니 곧바로 출판사로 시집을 200권이나 주문해서 그걸 사원들에게 배포하고, 며칠 뒤에는 사원들을 위한 정신 교육에까지 초청하여 나의 속 좁은 것을 부끄럽게 만듦과 동시에 시인의 명예를 깨끗이 지켜 주던 것이다.

우리는 부지불식간에 자신의 우월적 위치에서 상대의 하는 일에 고통과 상처를 주는 말을 내뱉거나 행동을 한다. 하지만 내 자식이 귀하면 남의 자식도 귀한 줄 알아야 한다는 말은 사람사회가 계속 유지되는 한 동서고금을 막론하고 진리일 수밖에 없다.

동물행동학에서는 인간도 동물 중의 한 종으로 철저히 '이기적 유전자'에 의해 진화되어 왔다고 한다. 사회심리학은 히틀러 시대의 독일이나 미국 남부에서 볼 수 있는 인종적 자기도취, 어떤 종교 집단의 광신적 행위, 우리나라의 지역감정 등 각종 패거리주의를 낳는 인간의 '이기적 편향' 심리에 대해 말한다. 이기적 편향은 정치적 영역에서 자주 보이는데, 가령 선거나 여론조사 결과가 자신들에게 유리하게 나오면 '국민을 위한 위대한 선택'이지만, 불리하게 나오면 그건 '반대파의 공작과 음모' 탓으로 돌리는 행위 같은 경우다.

똑같은 재료로 만든 동전인데 내 것은 노란 금이요 네 것은 누런 똥으로 보는 시각을 이기적 유전자나 이기적 편향 심리 탓으로 돌릴까. 그러기엔 인류는 철학이나 종교 등 이미 너무 높은 수준의 문화를 가꾸어 오며 타인에 대한 배려, 타인과의 관계성 속에서만 존재할 수밖에 없는 삶에 대해서 이야기한다.

아주 범박하게 말해서 우리는 태어나서 이내 어머니에게 모국어를 배우고, 책과 스승으로부터 지식을 배우고, 친구와 애인에게서 우정과 사랑과 배신을 배우며, 사회로부터 성공과 실패를 배우게 된다. 결국 나라는 주체는 타자로 구성된 주체라는 것이다.

황지우 시인은 「나는 너다」라는 제목의 연작시를 쓴 적이 있다. 인간의 고통과 구체적 삶에 관심을 기울여 이웃과 타인에 대한 연대를 강조한 내용을 담고 있어 아름다움의 극치를 보여 준다. 이렇게 아름다운 '나의 또 다른 나'인 타자를 철저히 배제하는 말이 최근 한 목사의 입에서 설교로 터져 나왔다. "불교가 들어간 나라는 다 망했거나 못 산다. 스님들은 쓸데없는 짓 그만하고 빨리 회개하고 예수 믿어라!"

곧잘 텔레비전에 나와 개그맨보다 더 웃겨 대며 부부 간의 사랑과 화해를 입가에 침이 비져나오도록 외쳐 대던 스타 목사의 입에서 종교분쟁을 일으킬 수도 있는 말이 그렇게 거침없이 터져 나올 수 있다니! 하지만 기본 이하의 이런 말을 어느 수준 낮은 사람이 듣겠는가.

반면에 나는 프랑스 철학자 엠마누엘 레비나스에게서 "타인의 얼굴은 일종의 계시이다. 타인의 얼굴은 나에게 명령하는 힘으로 다가온다. 이 힘은 강자의 힘이 아니라 상처받을 가능성, 무저항에서 오는 힘이다."라는 말들을 듣게 되면 없는 힘까지 새롭게 생겨난다.

나에게 늘 계시로 다가오는 타인의 얼굴은 무엇보다도 내 시의 주인공들이었던 농민이다. 사람들은 흔히 사업이 망하거나 늙어 은퇴하면 곧잘 "시골 가서 농사나 지어야 지."라고 말하는데, 농민들은 그 말을 듣고도 무력하여서 무저항한다. 세상에서 가장 힘들게 일하면서도 그렇게 만만하게 취급당하는 그들의 상처로 골이 팬 얼굴 앞에서 나는 나를 그만 항복시키고야 만다.

우리가 타자에 대한 배려를 하는 것은 타자를 위해서

그런 것이 아니다. 그 타자야말로 내 삶의 무의미성과 비극성 그리고 인간의 근원적 고독을 극복할 수 있는 존재 의미의 견인력이기 때문이다.

—『월간 에세이』

신 샤일록과 시골 할머니들

남에게서 꾼 돈은 곧잘 잊어버리고 남에게 꾸어 준 돈만은 철저히 기억하는 사람이 있다. 이기적인 존재일뿐더러 천민적 자본주의에 딱 들어맞는 사람이라 할까. 반면 남에게서 꾼 돈은 애써 기억하고 남에게 꾸어 준 돈은 마냥 잊어버리는 사람이 있다. 이타적인 존재라기보다 신용 사회가 정착된 자본주의에서나 살아남을 사람이다.

나는 어떤 편인가. 나이 육십이 넘도록 남과 돈거래를 해본 적이 별로 없다. 입때껏 직장을 가져본 적이 없이 가난한 시인으로 살다 보니 꾸어 줄 돈도 없거니와, 그런 사정을 잘 아는 누구든 내게 돈을 꾸어 달라는 사람도 없기 때문이다. 자본주의 사회에서 나 같은 시인은 있으나 마나 한 사람이다.

물론 그런 나에게도 어쩌다 돈을 꾸러 온 친구들이 몇 번 있긴 있었다. 나는 그 친구들이 되레 눈물겹도록 고마웠다. 나에게도 돈 꾸어 달라고 하는 사람이 있다는 사실이 나의 존재감을 확인시켜 주었기 때문이다. 나는 그 친구들에게 돈을 빌려주지 않았다. 내 주머니 사정이 허락한 만큼 그냥 돈을 주어 버렸다. 받을 생각 없이 그냥 주어 버렸다. 오죽 어려웠으면 늘 마이너스 인생으로 사는 시인에게까지 돈을 꾸러 왔을까 하는 생각 같은 것도 없이 말이다.

돈을 꾸면 필히 이자를 쳐서 갚아야 하고, 빌려준 돈은 끝까지 받으려 드는 게 당연한 일이다. 신용사회를 위한 길이고 자본주의의 생리이기 때문이다. 그러고 보면 셰익스피어의 희곡 『베니스의 상인』에 나오는 고리대금업자 샤일록이 꾸어 준 돈을 받으러 채무자의 살덩이를 계약대로 베어 내려고 한 행위는 잔인한 것 같지만 어쩌면 철저히 자본주의적이다.

요새 이 샤일록보다 더한 사람들이 있다. 자기들이 불법으로 연 문화공연장으로 시골 할머니들을 홀려 내 강매나 다름없는 몇 십만 원짜리 가짜 약 팔아 놓고, 그 외상값 미처 다 못 갚으면 독촉장을 수없이 보낸다. 붉은 도장

팡팡 찍어 재산압류계고장 계속 보내고, 오밤중이건 새벽녘이건 전화질해 대는가 하면, 자식들 직장 전화번호까지 알아내 직장 상사에게까지 고해바치겠다고 협박한다. 결국 자식들 앞길 막았다고 자책한 할머니 홀로 농약을 마시게 하는, 그 해결사들의 꼬챙이는 끔찍하다.

하지만 세상에는 그런 반인간적이고 반인륜적인 사람들만이 존재하는 것은 아니다. 내 고향 읍내에서 오랫동안 한약방을 한 노인이 있었다. 한약방을 한 탓인지 87살이 넘도록 장수를 한 그 노인은 돌아가시기 사흘 전 자녀들을 죄다 불러다 놓고 분재기(分財記)를 작성하게 한 다음, 마지막으로 장남을 시켜 깊숙한 다락방에서 어떤 장부 하나를 꺼내오게 했다.

노인의 지시에 따라 펼쳐진 그 장부엔 그간 당신이 거래했던 사채놀이 현황과 외상 약을 판 내용이 빼곡히 적혀 있었다. 노인은 자식들 모두가 보는 앞에서 큰아들에게 말했다. "여기 적힌 돈을 다 받자하면 기천만원은 족히 될 것이다. 하지만 이 장부는 마당에 나가 내가 보는 앞에서 태워 버려라. 아무래도 나 저승에 가서 할 일 없으면 이 빚이나 받으러 댕겨야겠다. 아버지의 업장을 너희들에게까지 물리고 싶지 않으니 지금 당장 태워라."

노인이 죽고 채무자들이 빚을 갚으러 오자 아버지의 유지를 받들고자 한 장남이 그들에게 전해서 밖으로 흘러나온 이 말은 아직도 고향 마을을 훈훈하게 한다. 1970년 당시 기천만원은 굉장히 큰돈이었다.

구약성서 레위기 25장 8~12절에 희년법 규정이 나온다. "너는 (…) 나팔 소리를 내되 전국에서 나팔을 크게 불지며, 제 오십 년을 거룩하게 하여 전국 거민에게 자유를 공포하라. 이 해는 너희에게 희년이니 너희는 각각 그 기업으로 돌아가며 각각 그 가족에게로 돌아갈지며, 그 오십 년은 너희의 희년이니 너희는 파종하지 말며 스스로 난 것을 거두지 말며 다스리지 아니한 포도를 거두지 말라. 이는 희년이니 너희에게 거룩함이니라."

한마디로 50년마다 희년이 돌아오면 지금까지의 모든 채무는 면제되고, 노예는 해방되어 가족에게로 돌아가고, 빼앗긴 땅은 되돌려져 새롭게 분배되는 것이다. 그래서 희년(禧年)은 복(福)되고 길(吉)한 해이다. 미개라고 불린 원시사회에도 이런 제도가 있었던 것이다.

그런데 최첨단 자본문명 시대인 오늘은 단돈 몇 백만원의 채무로 신용불량자가 되어 모든 은행 거래가 제동이 걸려 버린다. 인터넷 전산망의 완비로 옛 속담에 나오는

"윗돌 빼서 아랫돌 괴고, 아랫돌 빼서 윗돌 막는" 행위조차 차단해 버려서 채무자를 죽음으로 내몬다. 하지만 희년은 그만두고라도 베니스의 악덕 상인 샤일록조차도 채무자의 살덩이에 배인 피, 곧 목숨은 거둘 수가 없어서 채권을 행사할 수 없었다는 사실은 무얼 말하는가.

─『월간 에세이』

삼등열차, 버선발, 보름달

추석 하면 연관되어 떠오르는 이미지가 귀향이다. 우리나라 사람치고 추석의 귀향만큼 마음에 강렬하게 새겨진 각인이 또 있을까. 그것은 해마다 삶의 통과의례이자 하나의 축제 같은 것이 된다. 오늘날에도 국민의 절반가량을 움직이게 하는 추석의 귀향 하면 떠오르는 단어가 내게 세 개가 있다. 그것은 1970년대 후반 서울살이에서 귀향할 때 형성된 이미지다.

그 하나가 삼등열차인데, 그때 기차 중에서 제일 느린 비둘기호를 타고 서울역에서 고향을 향해 출발하는 시각은 대개 저녁 8시 무렵이었다. 차는 좌석 입석할 것 없이 이미 만원이었다. 좌석권을 가졌다 해서 계속 좌석을 차지할 수 없는 노릇이고, 입석이라서 12시간을 계속 서서

가라는 법도 없는 삼등 완행열차 안에서 나는 늘 말이 없었다. 자욱이 담배 연기를 내뿜거나 기타 치고 박수 치며 노래하는 사람들, 목을 메이게 하는 계란 조각을 씹거나 소주에 취해 목청을 높이는 사람들, 이곳저곳에서 화투판을 벌이는 와중에서도 코를 골아 대는 치들이 뒤엉킨 기차 안에서 나는 왜 늘 우울했던 것일까.

서울살이라고 해 봐야 아무 잘날 것 없는, 짜장면집이나 아파트 공사판, 영등포 방직공장이나 청계천 피혁공장에서 새벽부터 밤늦도록 노동을 파는 사람들이었다. 그래서 고향에 가도 뭐 별반 펼쳐 보일 것도 없는 그 사람들이 "한 두릅의 굴비 한 광주리의 사과를, 만지작거리며 귀향하는"(곽재구) 모습 속에서 우수 말고 무엇을 본단 말인가. 더구나 우리에게 돌아갈 고향은 어디에 있긴 있던 것인가. 자연과 사람과 모든 생각들이 합일을 이루던 고향은, 우리가 그곳을 떠난 순간부터 이미 더 이상 존재하지 않는다는 그 씁쓸한 사실을 해마다 득달같이 변해 가는 고향에서 느끼지 않았던가.

그럼에도 우리는 온 밤을 하얗게 내달려 아침 8시경이면 종점역에 내린다. 다시 시외버스 터미널로 가서 덜컹대는 시외버스에 몸을 싣고, 덜컹거리는 신작로 길을 달려 부랴부랴 집으로 향하는 마음은, 그래도 이미 창밖의 가을 물색에 흠뻑 젖어 있었다. 순금빛으로 출렁이는 들판과 둔덕에 반짝거리는 억새들, 저 멀리 마을에서 발갛게 알몸을 드러내는 감들과 피어오르는 강 안개에 두어 시간 젖다 보면 어느덧 마을 동구였다.

그곳엔 갈색으로 물들어 가는 커다란 정자나무가 있었다. 그리고 그 옆 주막집에서 새벽부터 돼지를 잡아 마을 집집이 고기를 나누고, 남은 머리와 내장을 삶아 귀향하는 사람들에게 뜨건 소주와 함께 권하던 어른들이 있었다. 그것이 내 고향의 동구 풍경이었다. 거기서 소주 한 잔을 얻어 마시고 대밭 고샅길을 돌아 이윽고 활짝 열린 사립문 앞에 서면 그때 마루 끝에서 자식을 기다리던 부모님이 버선발로 토방에 내려선다. 버선발, 바로 추석과 관련한 또 하나의 이미지인 버선발만 보면 왜 그다지 가슴이 아리고 아리던가.

서울 가서 무슨 금의환향하는 것도 아닌데, 아니 제대로 입히지도 가르치지도 못하고 자식들을 객지로 내보낸 채 이제 온통 얼굴이 논밭고랑이 되고, 무릎이 돌밭에 삽날 부딪는 소리를 내는 당신들이 무슨 탕자를 기다리는 구세주라도 된 것이어서, 그렇게 버선발로 내닫으면서까지 자식을 반긴단 말인가.

괜히 속이 상해 건넌방으로 가서 밤 내 내려오느라 자지 못한 잠을 잠깐 청하고 있노라면, 누이들은 벌써 마루에서 송편을 만들며 그 깔깔대는 웃음을 담장 밖으로 날려 보낸다. 그러면 나는 "마음도 한자리 못 앉아 있는 마음"(박재삼)이 되어 방문 밖에서 벌써 진을 치는 친구들을 따라 마실을 나선다. 마을 주막집에선 벌써 윷판과 술판이 흐드러지게 벌어져 있었다. 나는 술판 쪽에 끼어 동무들과 함께 쓰라리기만 한 도회의 삶의 애환들을 영탄조로 읊어대곤 했는데, 그러다 보면 어느새 열나흘 달은 마을을 대낮처럼 밝히곤 했다.

마을회관에서는 그때부터 온 젊은이들이 나와서 콩쿠르 대회를 열었다. 우리는 그곳에서 악을 쓰며 노래를 하고, 한껏 보릿대춤을 추다가 끄억끄억 울어대고, 술에 만취하여 회관 담벼락에 토악질을 해 대곤 했다. 그래도 그 대동마당이 얼마나 좋던가. 콩쿠르 잔치도 거의 기울 무렵 나는 몰래 빠져나와 마을 방죽 가에 나앉는다. 그때 달은 이미 호수에 빠져 어느새 수월(水月)이 된다. 그 수월이 관음보살이 되는 것을 본 것은 어떤 미술책 속의 「수월관음도」에서였다.

교교한 달빛이 비치는 물가의 동굴 안에 관음보살이 앉아 계시는데, 관음보살의 광배는 커다란 원이어서 그것이 달 같고, 물에 비친 달은 또 관음보살 같은, 그런 금빛 찬란한 고요지경! 그 수월관음을 앞에 두고 진리를 찾는 선재동자처럼 보살의 길을 묻고 설법을 청하고 싶던 귀향이 있어 그나마 안심이던가.

삼등열차도 버선발도 사라진 오늘에도 손 한 번 대지 않고 마음을 쓸어대던 그 수월관음의 이미지는 오늘도 내가 어디에 있건 나의 귀향을 재촉한다. 그 귀향은 이미 사라진 고향이 아닌 삶과 존재의 궁극적인 고향 같은 곳일 게다.

— 월간 『예향』

그 희고 둥근 세계, 세상의 근원에 대한 꿈

　『엉덩이의 재발견』이란 장 뤽 엔니그의 책은 인류문명의 시작이자 욕망의 대상인 엉덩이를 문학과 예술의 에로틱한 접근에서 문화사적 고찰까지를 통해 살펴본 꽤 재미있고 유쾌한 책이다. 이 책에 의하면 엉덩이는 인간이 두 다리로 일어서서 그 자세를 유지하려고 생각하면서부터 나타났다는 근거로, 영장류에 속하는 193종 가운데 오직 인류만이 항상 돌출되어 있는 반구형 엉덩이를 갖고 있는 것을 예로 들었다.

　또한 지금으로부터 2만 년 전, 고대인의 손으로 빚어낸 원시적인 석상 중에서 「빌렌도르프의 비너스」는 인류의 기원에는 분명히 엉덩이가 풍만한 여성이 존재했을 것이라는 사실을 증명해 준다. 터질 듯 부풀어 오르는 빵처럼 엉덩이가 튼실한 이 비너스는 왜 엉덩이가 그토록 과도하게 발달했을 것인가에 대한 호기심을 일게 한다. 이에 대해 학자들은 대개 사냥과 다산성이라는 주술적 기능 때문으로 보거나 혹은 점토, 뼛가루, 숯, 재를 섞어 만든 이 여인상에서 어머니의 둔부를 표현한 것으로 본다.

그리고 또 하나는 다른 영장류와 마찬가지로 인간 역시 당시는 후배위(後背位)로 성교를 했을 것이란 가정 하에 풍만하고 눈부시고 매혹적인 엉덩이는 성적 흥분을 일으키는 기능을 했기에 그랬을 것으로 보기도 한다. 어쨌든 우리나라에서도 예전엔 맏며느리 감으로 대개 둔부가 튼실한 여성을 선호했던 것으로 보아 아이를 많이 낳고, 농사일을 잘하고, 성적 매력이 있는 여성의 평가를 엉덩이에 두었던 것은 분명한데, 이는 그야말로 가부장제사회의 욕망을 거기에 투영한 것이기도 하다.

그런 왜곡을 떠나 '수치심에서 위대함의 반열에 오르고, 타락을 통해 그 절정에 이르기도 하는' 엉덩이는 고대 조각, 피렌체 회화, 춘화, 사진, 영화, 광고 등에 얼마나 많이 나타나는가. 특히나 시인들과 화가들의 주옥같은 작품들로 그 진실과 가치가 끝없이 재발견되는 엉덩이지만, 내게는 어린 시절 밤중 마을 앞 냇가에서 발견될 줄 누가 알았겠는가.

　시인 김지하의 표현대로 "하얀 옛 항아리" 같은 그 희고 둥근 세계를 몰래 훔쳐본 것은 이렇다. 모내기와 장마가 끝나면 시쳇말 그대로 '대가리 벗어질 듯한' 땡볕과 숨이 컥컥 막히는 무더위가 몰려오던 고향이었다. 그러면 우리 꼬맹이들은 낮으로 그리고 남자 어른들은 밤으로 틈만 나면 앞내에 달려 나갔다. 고기 반 물 반이던 너무도 맑고 시원한 물에 몸을 담그고 있으면 메기나 쏘가리가 엉덩이를 쏘던 그때, 그러나 우리의 어머니와 누님들은 겨우 장독 뒤에서나 등물을 끼얹을 수밖에 없었다.

　마을에서 회의를 부쳐 닷새에 하룻밤쯤은 냇둑 아랫목과 윗목에서 장정들이 지키는 가운데 여자들이 냇물을 차지하게 했다. 만약 그때 남자들이 냇가에 나갔다간 덕석몰이라도 당할 것이었다. 하지만 금기는 언제나 깨라고 있는 법. 우리 악동들의 굴뚝같은 호기심을 누군들 막을 수 있으랴. 날은 보름인데 검은 구름이 쫙 낀 어느 날 밤, 우리는 '낮은 포복 응용 포복'을 총동원하여 냇가 큰 바위 뒤에 붙었겠다.

　물론 우리가 그때 마을 여인들의 엉덩이를 훔쳐보러 그 바위 뒤에 바짝 붙은 것은 아니었다. 초등학교 5, 6학년 정도의 성적 호기심이 엉덩이에까지 미칠 때는 아니어서 그저 여자들의 발가벗은 몸을 훔쳐보려는, 어쩌면 너무 순수한 욕망 때문이었다. 그러나 그 욕망이 그렇게 쉽게 이루어지진 않았다. 장마 뒤끝의 먹구름 때문에 사위가 깜깜했기 때문이었다. 그래도 기다리고 기다린 보람이 있어, 이윽고 구름 터진 사이로 휘영청 보름달이 얼굴을 내민 순간, 아니 달빛이 너무 오랫동안 환하면 신비감이 묽어질까 봐 그랬는지 물푸레나무 잎새가 얼른 달의 얼굴을 가리는 순간! 우리는 아아 그 희고 둥근 여자들의, 아아 그 희고 풍성한 세계를 몰래 훔쳐버린 것이다.

왜 하필이면 눈에 띈 게 엉덩이였을까. 아마도 장마 뒤끝이라 냇물이 평소보다 깊고 또 아무리 무더운 여름이라지만 그 시리고 찬 물에 몸을 계속 담그고 있기란 어려운 일이었을 터. 그래서 물가로 나와 물속으로 윗몸을 구부리고 머리를 감는 여자들이 꽤 여럿이었을 터. 그러다 보니 자연스럽게 공중으로 쳐들어진 여인들의 엉덩이는 구름 사이로 환히 터진 달빛 아래 유난스레 희고, 둥글고, 크고, 신비롭게 보였을 것이다.

하여간 그때, 그때, 우리의 마음엔 천둥번개가 쳐서는 세상 일체를 감전시켜 버리던 것이다. 까마득하니 아무것

도 보이지 않는데, 때마침 어디 딴 세상에서인 듯한 여자
들의 풍덩거리는 소리와 참을 수 없는 키득거림 소리가 훅
끼치는 밤꽃 향기 속에서 꿈결처럼 들려오던 것이라니!

　　그때 그 기억의 황홀을 「그 희고 둥근 세계」라는 시로
바꾸어 보았는데, 평론가들과 독자들로부터 꽤나 사랑을
받은 시다.

　　　　나 힐끗 보았네
　　　　냇갈에서 목욕하는 여자들을

　　　　구름 낀 달밤이었지
　　　　구름 터진 사이로
　　　　언뜻, 달의 얼굴 내민 순간
　　　　물푸레나무 잎새가
　　　　얼른, 달의 얼굴 가리는 순간

　　　　나 힐끗 보았네
　　　　그 희고 둥근 여자들의
　　　　그 희고 풍성한
　　　　모든 목숨과 신출(神出)의 고향을

내 마음의 천둥 번개 쳐서는
세상 일체를 감전시키는 순간

때마침 어디 딴세상에서인 듯한
풍덩거리는 여자들의
참을 수 없는 키득거림이여

때마침 어디 마을에선
혹, 끼치는 밤꽃 향기가
밀려왔던가 말았던가

이 시에 나오는 그 밤꽃 향기가 나중에 남자들의 정액 냄새와 비슷한 걸 알았지만, 우주는 본질적으로 어떤 화응의 세계를 지향한다는 생각을 갖고 있는 요즈음의 나로서는, 그 밤꽃 향기가 성적 화응의 매개체로 작용하고 있다는 평론가들의 평을 굳이 반대하지 않는다.

또한 나는 이 시에서, 그 희고 둥근 세계를 "모든 목숨과 신출(神出)의 고향"이라고 명명했었다. 어느 대학에 가서 강당 가득 모인 학생들에게 여자의 몸을 빌리지 않고 세상에 온 사람은 손을 들라고 했더니 처음엔 남학생 절반가량이 들었다. 그러다가 곧바로 피식피식 웃더니 모두 손을 내리던 것이었다. 사실 남자의 엉덩이야 별 볼 일 없지만 여자의 엉덩이에서 태어나지 않은 자 누구던가. 나는 어린 때의 그 관음증적 시선이라기보다는 순수한 호기심이 만들어 낸 경험 뒤로 희고 둥근 세계의 오랜 숭배자가 되었다.

화가들에게 목욕하는 여자들을 그린 그림이 무척 많다. 장 클루에의 「목욕하는 디아나」, 르누아르의 「목욕 후」, 피에르 보나르의 「거울에 비친 누드」 등이 대표적인데, 특히 귀스타브 쿠르베의 「샘」에 등장하는 여성의 엉덩이는 얼마나 대단한지! 특별히 팽팽하게 여문데다 꼭 닫혀 있고 눈부신 빛을 뿜어내는데, 물이 쏟아져 내리는 샘 속으로 위태하게 막 발을 내딛고 있는 모습은 초자연적 경이로움을 자아낸다. 화가들이 목욕 장면 그리기를 좋아했던 것은 여성에 대한 남성의 꿈이 대부분 액체성의 꿈이기 때문이라는 지적이 있고, 르누아르 말대로 발가벗은 여인은 바다 혹은 침대에서 나왔을 것일진대, 바다 아니 목욕하는 여인치고 세상에서 가장 아름다운 여인이 어디 있겠느냐는 말로 답을 대신하기도 한다.

시인 김지하는, 차고 딱딱하고 모나고 녹스는 것뿐인 감옥에서 쓴 시 「결핍」에서 벽 위에 허공에 마룻장에 자꾸만 동그라미를 그린다고 했다. "무엇이든 동그랗고 보드랍고 말랑말랑한/무엇이든 가볍고 밝고 작고 해맑은/공, 풍선, 비눗방울, 능금, 은행, 귤, 수국, 함박, 수박, 참외, 솜사탕, 뭉게구름, 고양이 허리, 애기 턱, 아가씨들 엉덩이, 하얀 옛 항아리, 둥근 원"을 만지고 싶기 때문이라는 것이었다.

세상이 온통 문명이라는 네모 속에 갇혀 있는 시대이다. 아파트 건물이 그렇고, 앉아서 글을 쓰는 책상과 컴퓨터가 그렇고, 심지어 시집마저도 네모로 재단되어 있다. 네모는 아무래도 합리적이고 이성적인 냄새를 풍긴다. 합리적이고 이성적인 것이 세계를 구원하리라는 철학자들이 20세기에 주류를 이루었지만, 세상은 여전히 전쟁과 폭력과 지진과 태풍으로 이곳저곳이 쑥대밭이다. 이런 대재앙들이 인간의 통제되지 못한 욕망과 초자연의 힘 때문에 발생한다고 할 수도 있겠지만, 오히려 문명 개발로 인한 대대적인 환경 파괴의 영향 때문이라고 보는 게 더 타당하다는 많은 연구 결과들이 나와 있다.

이런 가운데 모든 자연 속에서도 가장 빼어난 걸작인

여성들의 엉덩이는 그 희고 둥근 세계만으로도 사람들의 근원에 대한 꿈을 하염없이 꾸게 할 것이다. 근원이라면 딱딱한 것보다는 부드러운 것, 모난 것보다는 원만한 것, 찬 것보다는 따뜻한 것, 녹슨 것보다는 늘 새롭게 생성되는 것, 총칼보다는 하얀 옛 항아리 같은 것이 세상에 편재하는 그런 곳이 아니겠는가. 그 근원으로 '아가씨들 엉덩이'보다 더 극진한 것이 어디에 있겠는가.

— 『시와시학』

산책, 걷기 그리고 다른 길

    항상 운동을 하지 않으면 피가 흐려지는 몸 때문에 매일 한두 시간씩을 산에 다녀온다. 산책이라 해도 좋고 등산이라 해도 좋을 그 산길에서 참 많은 몽상을 하게 되는데, 아무래도 몸이 안 좋아 힘이 들 때에는 생각도 하염없어진다. 가령 누군가 알아주지도 않는 시를 쓰는 자괴감은 자꾸 깊어 가고, 농사 이외에 일평생 직장을 갖지 않은 탓에 늘 돈이 부족해 아내에게 구박을 당한 날은 설움이 치솟는다. 늘 위태위태한 건강에서 오는 좌절과 불안 그리고 죽음에 대한 의식은 이제 차라리 운명과 체념을 생각하게 하고, 저자들이 보내오는 책과 직접 사는 책 등 한 달에 무려 수십여 권 이상의 책을 읽고 또 읽어도 무언가 풀리지 않는 갈증은 더해만 간다. 모처럼 내 마음이 바람에 미루나무 쏠리듯 그쪽으로 쏠리는 사람이 있음에도 결국엔 상심밖에 건지지 못할 거란 생각 때문에 혼자 먼 데를 바라보다 말고, 모든 곤경과 불운은 나에게만 임하는 것 같아 심지어는 저쪽 풍경의 아득한 소실점 속으로 사라져 다시 돌아오고 싶지 않기도 한다. 그때 산행에서 오는 기쁨은 온데간데없이 사라진다.

　　나이를 먹을 만큼 먹었는데도 이러한데 이제 삼십 대 초반인 알랭 드 보통은 삶에 무슨 신명을 갖고 태어난 걸까. 그는 『드 보통의 삶의 철학산책』에서 이런 복잡하고 힘겨운 삶을 유쾌하게 만드는 행복의 철학을 여섯 명의 대철학자를 통해 알려 준다. 인기 없음에 대한 위안은 늘 진실의 명령에 귀를 기울이면 최고의 보상을 받을 것이라고 한 소크라테스를, 가난에 대한 위안은 우정과 자유와 사색을 대안으로 권장한 에피쿠로스를, 좌절에 대한 위안은 세네카를, 지식의 소용에 대해선 몽테뉴를, 사랑이 삶을 지배하는 이유와 실연에 대해선 염세주의자 쇼펜하우어를, 피할 수 없는 고통과 고독 앞에서 부를 노래에 대한 질문은 니체를 등장시켜 그야말로 청명하늘처럼 명쾌하고 실제적인 조언을 준다. 그 어렵다는 철학을 초록바람처럼이나 상쾌하게 느끼게 되는 것은 산행 뒤 맑아진 정신으로 읽는 책이기도 해서 그러는 것일까.

　산행이라고 했다. 산책이라 해도 좋고 등산이라 해도 좋을 이 한두 시간의 산행은 결국 걷는 것이다. 발로, 다리로, 몸으로 걷는 것이다. 걸으면서 하염없는 삶의 고뇌에 빠지기도 하지만, 대개는 산길에서 만나는 시원의 솔바람 소리, 가랑잎 부스럭거리는 소리에 취하고, 청설모나 다람쥐며 어치나 동박새가 나무와 나무 사이를 날고 암컷 수컷이 서로 쫓고 쫓기는 사랑놀음 하는 모습에 취한다. 계곡물에 땀을 씻고 시시때때의 각종 꽃향기에도 취한다. 따가운 햇살에 솔방울 트는 소리가 들릴 정도의 고요와 침묵 속에서 내 안을 들여다보고 산길에선 흔연스레 친구가 되는 사람들과 파안대소를 나누기도 한다. 이렇게 "모든 감각기관의 모공을 활짝 열어 주는 능동적 형식의 명상"인 걷기로 세계와 교감하고, 남들과 나누고, 그 속에서 살아 움직이는 실존의 고유한 의미를 깨닫게 된다.

　누구나 대개는 하루 종일 사무실이나 상점에 앉아 있을 게다. 나는 하루 종일 대개 서재에 앉아 있다. 농사를 그만둔 뒤에 직장이 없으니 책밖에 읽을 게 없다. 남들은 이런 나를 부러워하지만 때론 신물이 난다. 필요 없이 너무 어려운 책들, 읽어도 좋고 안 읽어도 상관없을 책들, 종이가 아까운 책들, 저자의 숨결과 혼과 살과 뼈와 피와 눈물 자국은 어디 한군데 찾아볼 틈 없이 온통 지식과 정보로만 현란한 책들 속에서 우리는 무엇을 읽어 내야 하는가. 이때 차라리 책을 내던지고 길을 걸으라고 권고하는 책이 있다. 다비드 르 브르통의 『걷기예찬』이다.

산책도 좋고 여행도 좋고 탐험도 좋고 혼자서도 좋고 여럿이도 좋을 이 걷기는 첫째 몸으로 하는 것이고, 둘째 길을 걷는 것이고, 셋째 집의 반대이므로 곧 어떤 거처를 향유하는 것을 반대한다. 왜냐하면 세계가 우리의 의식 속에서 파악되기 어려워질 때 그 지주로서 남은 것이 몸이고, 그 닫힌 세계와의 대화를 위하고자 소통의 통로인 길에 나서는 것이고, 이 세계 속에서 저녁마다 잠자는 한 지점으로 걷는 사람은 사실 공간이 아니라 시간 속에다가 거처를 정하기 때문이다. 그래서 "땅 위의 순례자는 가장 먼 지평선 저 너머, 이미 그의 내면에 현존하지만 아직 그의 눈에는 보이지 않는 그 어떤 목표를 향하여 그를 인도해 가는 보다 더 광대한 생명의 숨결에 몸을 맡긴다."

산책 혹은 걷기도 기왕에 있던 길의 답습이라면 정말

이지 지루해서 견딜 수 없는 일이겠다. 물론 그렇다고 해서 어떤 오지나 신기의 길을 찾아야 된다는 게 아니라 기존의 모든 길의 새로운 해석이라 할 수 있는 '다른 길'에 나서야 하지 않겠는가. 과학 기술의 눈부신 발전, 지식과 정보의 끝 모를 팽창, 이성적 인간이 세계를 구원하리라는 생각 등을 바탕으로 한 게 오늘날의 서구 문명과 물신주의다. 우리는 이 현대 신화의 길을 여전히 무한 경쟁과 무한 속도로 허덕이며 달려가야만 하는가.

우리가 우리의 발로 걷는 땅이, 자연이, 우주가 단지 물질들의 집합 즉 영혼 없는 기계에 지나지 않는다는 생각은 모든 생명체들과 이 생명체들을 품고 있는 지구를 벼랑 끝으로 몰고 있다. 그럼에도 개발과 성장은 계속되어야 하고 이성적 인간만이 세계를 지배해야 하는가. 오히려 "빛나는 솔잎 하나하나, 해안의 모래알들, 울창한 숲속의 물방울들, 잉잉거리는 벌떼들 모두가 우리의 기억과 경험 안에서 성화된 것이다. 짐승들, 나무들, 사람들 모두가 같은 숨결을 나누고 있다. 사람이 생명의 망을 짜는 것이 아니다. 사람은 단지 그 안에 있는 하나의 가락에 지나지 않는다."는 북아메리카 인디언추장 시애틀의 말을 되새겨 보아야 하지 않겠는가.

여기서 '기억과 경험'이라고 했다. 호모사피엔스는 20만 년 동안 지구 위를 걸어왔다. 직립 원인은 400만 년 내지 500만 년 앞서 출현했다. 여기에 비하면 기록된 역사가 존재했던 4000년의 세월은 극히 보잘것없는 시간이다. 이런 사실에 비춰 보면 계몽되었다고 자부하는 근대인들은 엄청난 것을 잃었고 또 그만큼 무지하다. 그럼에도 초기 인류의 그 기나긴 경험이 최근 인류가 축적해 온 경험에 비해 보잘것없다고 믿는, 지식과 기술을 바탕으로 문명은 계속 진보할 수 있다고 믿는 자들이 왜 인디언 추장만큼의 인식조차 가지지 못하는가.

존 브룸필드의 『지식의 다른 길』은 우주 안의 모든 존재를 지배의 대상이 아닌 공생하는 동료로 인식하는 새로운 지적 담론의 가능성을 묻고 있다. 인류의 영혼이 숨 쉬는 과거, 모든 생명의 직물인 자연에 대한 참된 지식의 길을 묻고 있다. 산책이건 걷기이건 몸과 인식의 '새로운 길'이 아니라면 무엇 하랴.

– 웹진 〈Bookian〉

홀로 넘는 시간들을 쓰다

비어 있는 고향 집을 수리해 책을 싸 들고 들어온 지 15년, 이 자그마한 산방에 동료 문인들이나 함께 공부하는 사람들이 곧잘 드나들며 시와 차를 나누곤 했다. 한데 요새는 몇 날 며칠 어디서 전화 한 통 오지 않는 날들이 늘어난다. 평생 누구에게 특별히 호명을 받아본 적이 없이 살아왔지만 이제 이렇게 조용히 잊히는 게 아닐까 하는 생각이 들곤 한다. 한때는 곧잘 고립을 꿈꾸었고, 용기 있는 자만이 고독을 누린다며 괜한 소리를 하곤 했다. 이제 누가 시키지 않아도 자가격리된 날들은 그렇게도 원하던 대로 된, 말 그대로 불감청고소원(不敢請固所願)이 아닌가.

첫 시집을 낸 젊은 날 무척 힘들었을 때, 당시 출판사 대표였던 소설가 이문구 선생께서 친히 서신을 주셔서 "시

들이 핍진하오. 고 시인. 엄동의 마당가에 나가 보오. 살
구나무의 살아 있는 가지는 실가지 하나라도 꺾이지 않고
삭풍을 후린다오."라고 한 기억이 난다. 한데 나뭇가지를
후리던 그 바람을 달래어선 이젠 뼈를 말리고, 박새나 까
치들이 곧잘 찾아와 추녀 끝에서 울어도 마음은 그냥 그대
로다. 다만 말을 잃어버리지 않기 위해서 일곱 마리나 되
는 토방의 고양이들 이름을 일일이 부르고, 늘 줄에 묶인
풍산개는 괜히 건드려서 함께 먼지를 뒤집어쓰기도 한다.

어쩌면 매일매일 이어지는 무료한 날들의 반복이다.
늘 그것이 그것인 일상이 지루함을 부르기도 한다. 하지
만 그런 일상을 늘 새롭게 본다는 것은 철이 들대로 든 나
이에는 무척 힘이 든다. 자연스럽게 이어지는 상투성과
진부함, 혹은 만사를 원만함과 평안함으로 감싸는 힘을
설렘과 약동, 생명의 비약적 율동으로 전복한다는 것은
곧바로 행동과 실천을 요구하기 때문이다. 그만큼 힘이
들기에 질 들뢰즈가 "일상에서의 습관적 지각의 자동성을
지복(至福)으로 여겨야 한다."고 했던 것일까.

사람은 늘 성성하게 깨어서 살 수만은 없다. 도회지 어
떤 회사에선 직원들이 십오 분 달력을 만들어 책상에 놓
고 십오 분마다 자기가 맡은 일의 성과를 점검한다고 한

다. 이를 철학자 한병철은 "과잉사회증후군"이라고 말한다. 누가 시키지 않아도 생존경쟁에서 살아남기 위해, 아니 그 경쟁에서 최고가 되기 위해 자기와의 고독한 싸움을 하는 것이다. '할 수 있다'는 자기암시를 끝없이 해 대며 '긍정의 과잉'이라는 신경증적 폭력을 자기에게 가하고 있는 셈이다. 누구 한 사람 혹은 몇 사람이 그런 것이 아니라 모두가 그런 시스템에 놓여 있다. 장 보드리야르는 "같은 것에 의존하여 사는 자는 같은 것으로 인해 죽는다."고 말한다. 그는 "현존하는 모든 시스템의 비만 상태"를 지적하기도 했는데, 여기에서 하나가 오류가 생기면 다 같이 망한다는 것이다.

그렇게 과잉의 시간을 축조하여 일군 세계화의 태풍을 타고 오늘날 코로나 바이러스가 세계적인 유행의 네트워크를 형성해 버렸다. 거기에다 도시의 밀집화 현상은 바이러스가 강철 대오의 스크럼을 짜는 데 지대한 공헌을 한 셈이다. 우리는 지금 이성과 과학기술의 광휘가 무력해지는 현장에 있는 것이다.

14세기 유럽에서 창궐한 페스트로 유럽 인구의 40퍼센트 이상이 희생당했다. 피부가 까맣게 썩어 들어가 흑사

병이라 불렸던 이 병으로 인해 줄어든 인구가 회복되기까지는 무려 3세기가 걸렸다고 한다. 그런데 윤경용 페루산마티대 석좌 교수의 글 「과학적 진리, 종교적 진리」에 의하면 "정체 모를 전염병에 대응할 방법이 없었던 당시, 흑사병 확산을 가속화했던 장본인 중 하나는 바로 교회였다. '인간이 죄를 지어 하느님이 형벌을 내린 것'이라며 교회에 모여 열심히 기도해야 병이 낫는다고 했다. 그런데 교회에 모여 기도한 사람들이 전염되어 줄줄이 죽어 나갔다. 중국에서 발병한 코로나19는 14세기 흑사병보다 훨씬 더 빠른 속도로 확산되고 있다. 그런데 그 중심에도 교회가 있다."(〈내일신문〉, 2020. 3. 3.)고 한다. 이성과 과학이 무력해지니 코로나를 '마귀의 짓'으로 규정하고 이를 '하나님의 징벌'이라고 하는 교회 리더들이 부지기수다. 설교를 들으면 병이 저절로 낫는다며 교회에 나오라고 강권하는 사람도 많다. 14세기 유럽의 대전염병 시대의 데자뷰를 보는 듯하다. 그들에겐 코로나바이러스를 이기는 유일한 힘은 기도인 셈이다. 문명으로 단련된 듯한 인간의 마음이 바이러스 하나에 이토록 허약해질 수 있다는 것은 놀라운 일이다.

종교 지도자 이야기가 나오니, 이번에 『야생의 위로』라는 시집을 낸 목사 시인 고진하 선생이 생각난다. 그는 자본주의와는 반대쪽으로 홀로 걷는 도보 고행승인데, 얼마 전에 그야말로 오래 지탱해 줄 것 같지 않은 고가를 한 채 장만했다. 그때 토지문학관 강의차 원주에 있는 선생의 집을 방문하여 한담을 나눈 적이 있다.

"생전 처음 샀다는 게 고막만 한 이 고가예요? 집이 세월을 되레 지탱해 줄 것 같네. 이거 방도 비좁고 화장실도 밖에 따로 있으니 추운 강원도에서 어떡해요?"

"그래서 친구가 '不便堂'이라는 당호를 목각해서 걸어 주었어. 비좁은 방은 나의 큰 육체쯤으로 생각하니 딱 맞춤이더라고."

그런 선생은 몇 년 전부터 잡초 음식을 개발하여 언론에 여러 번 소개되었다. 처음엔 경제적 수입이 그리 많지 않아서 마련한 삶의 대안이라고 생각했는데, 실은 평소의 생태주의적 생활 속에서 자연스럽게 만들게 된 음식인 것이다. 그 결과로 잡초 음식 책을 내서 보내왔기에 전화를 드렸다.

"근데 아무리 지구를 축내며 살고 싶지 않기로서니 들풀들을 뜯어다가 음식을 만든다며? 잡초 음식 책을 두 권이나 내고요?"

"잡초 밥상을 누리는 건 사치야. 우리나라 어느 누가 이런 음식을 먹나? 쑥국, 명아주나물, 토끼풀튀김, 망개떡까지 안사람이 못 만드는 음식이 없지. 우리는 밖의 푸른 들판을 끌어다가 먹는 거야. 그런데 무서운 돌림병으로 내년의 식탁에도 들판을 올릴 수 있을까 걱정이네."

"밥 먹고 마당에 서서 별을 보면, 재난이 일상이 된 시절에 '딱 하루치 근심만 저녁밥에 비비라고' 한다며? 근데 요새도 목사 일, 아니 목회는 하는 거예요?

그는 사실 여전히 목사인데, 평생을 시골 교회로 돌아다니며, 평생을 일하고 나서 이제는 병들고 버려지다시피한 노인들의 영혼을 돌봐오고 있다.

"교회 담임은 하지 않고 주일날만 목사 없는 시골 교회에 가서 파파 할머니들에게 당신들이 곧 하느님이라고 말해 드리고 오지."

한데 최근 보내온 시집엔 선생의 소박한 일상이 담긴 '평상심시도(平常心是道)'의 시들이 생태주의 미학을 따르며 담담하게 표현되어 있어 마음이 흐뭇했다.

"이번에 나온 시집에 보면 방랑의 유전자를 섬겨 '붉은 모란의 고요한 순례'를 떠난다고 하던데요? 그런 순례도 구도의 일종인가요?"

"내가 방랑승으로 떠돈 지도 꽤 오래됐지. 한데 요새는 코로나 때문에 어딜 맘대로 가질 못하니 철마다 주변에 피는 꽃을 찾아다니는 것이지."

틈만 나면 바랑 하나 메고 인도든 어디든 푸른 영혼들이 공기 중에 미만해 있는 곳이라면 기어코 찾아가곤 하던 발걸음이 코로나에 묶이니 대안을 생각한 셈이다.

"생음악을 연주하는 소리의 집이 시라면서요?"

"나무와 새 말이야. 나무라는 푸른 혁명의 뇌관을 울음으로 팡팡 터뜨려 줄 새! 그것이 시란 생각이 들었어."

"한데 그 손바닥만 한 불편당, 진짜 불편하지 않아요?"

"아, 지렁이, 질경이, 왕고들빼기며 때론 꽃뱀과 같이 농사짓고, 새와 구름과 달과 별을 벗 삼아 우주의 경이를 연주하는데 뭐가 불편해? 시골살이의 불편을 즐기고 불행도 즐기자고 마음먹으니 괜찮아."

"절대적 가난을 자발적 가난이라고 수식해 주려 했더니, 아주 생득적 가난이군요. 돈 보따리 트럭으로 실어다 주어도 가난하게 살 팔자 같아요. 그래도 생일날 사모님 발을 씻겨 드리고 '우리 집 흔들리지 않게 하는 지축'이라며 '콩켸팥켸 우리 사랑해요'라고 고백해 드리니까 사모님이 행복해 하시던가요?"

그런 선생은 시인과 목사이기 전에 선승이고 선승이기 전에 '우주인(宇宙人)'이다.

이 어려운 시기에도 이미 자유자재하게 살아가는 고진하 선생 앞에만 서면 평생 직장을 다닌 바 없이 자본과 경쟁하지 않고 살아온 나 자신도 조금은 자랑스럽다는 생각이 들곤 한다. 코로나 바이러스가 아니더라도 나 역시 젊은 날 농사를 짓던 고향집에 다시 돌아왔으니, 나라고 주장할 것도 없는 나를 꽃과 새와 나무에다 다 줘 버리고 고요, 침묵, 적적이란 옷들을 입고 살 수밖에 없다. 그러니 거 뭐라던가, 몸에 기저질환이 서너 개는 된다 한들, 코로나 무서워서 출입을 못 할까. 다만 지난여름 태풍에 생채로 찢긴 석류 가지를 보곤 삶의 진정한 의미는 대답하기에 너무 끔찍한 얼굴이라고 한 니체의 말이 떠오른다. 또한 나뭇잎들은 어느 것 하나 다른 잎새를 가리지 않고 햇볕을 고루 쬔다는 것을 알아내곤, 예전 그리스 철학자처럼 맨몸으로 들판으로 뛰어나가 "유레카!" 하고 외치고 싶다. 새로운 것을 발견하는 기쁨인 것이다.

요새는 유일하게 밖에 나가던 이유인 강의를 오라는 데도 없다. 그러니 하루 종일 고독을 무기 삼아 기존부터 해

온 경전들 공부에 더하여, 『벽암록』, 『무문관』, 『조주록』, 『임제어록』, 『마조어록』, 『선문염송』 등 여러 선어록까지 들여다본다. 다음은 『벽암록』 제40칙에 나오는 화두이다.

육긍대부가 남전선사와 대화를 나누면서 질문을 했다.

"승조법사는 '천지는 나와 한 뿌리이며 만물은 나와 한 몸(天地與我同根, 萬物與 我一體)'이라고 말했는데, 정말 훌륭한 말이지요?"

남전화상이 정원에 핀 꽃 한 송이를 가리키며 대부를 부르면서 말했다.

"요즘 사람들은 이 한 송이의 꽃을 마치 꿈을 꾼 것과 같이 보고 있소."

육긍은 당나라 때 관리였다. 그가 하루는 남전과 대화를 나누면서 "승조법사는 '천지는 나와 한 뿌리이며 만물은 나와 한 몸'이라고 말했는데, 정말 훌륭한 말이지요?" 하고 물었다. 승조법사는 후진 시대의 고승으로 어린 시절 노장을 탐독했다. 아마 그러했기에 서두에서 말한 『장자』 「제물론」 편의 "천지는 나와 생존을 같이하고 만물은 나와 한 몸이다(天地與我并生 萬物與我爲一)."라는 문장을 읽었을 것이고, 이를 다시 육긍이 화두로 거론한 모양이다.

여기서 "천지는 나와 한 뿌리이며 만물은 나와 한 몸이다."라는 말은 모든 존재의 근본이 공(空)이라는 것과 모든 존재 곧 "만법(萬法)은 하나(一如)"라는 불교의 정신을 말한 것이다. 만법 곧 만물이 연기법에 의해 이루어진 것이기 때문에 애초에 자타와 주객, 천지라는 이분법은 있을 수 없고 한 몸일 수밖에 없다는 말이다.

우리가 쌀밥을 한 공기 먹기 위해서는 먼저 땅이 있어야 하고 볍씨가 있어야 하며, 거기에 농부의 손길과 땅을 갈 소와 쟁기가 필요하다. 아울러 물과 공기와 햇빛과 바람이 똑같이 필요하다. 그리고 그 쌀을 시장에 납품하는 유통업자가 있고, 마트에서 쌀을 파는 사람이 있으며, 집으로 쌀을 배달해 주는 사람이 있다. 그런가 하면 마지막으로 그 쌀밥을 짓는 사람도 있어야 한다. 이런데도 만물이 하나가 아닌가.

육긍대부가 만물이 하나라는 말은 참 좋지요, 하고 묻자 남전은 정원에 핀 꽃 한 송이를 가리키며 "육긍대부! 요즘 사람들은 이 한 송이의 꽃을 마치 꿈을 꾼 것과 같이 보고 있소."라고 대답한다. 대답하고는 아마 한숨을 쉬며 먼 산을 보았을 것이다. 남전의 말은 '육긍대부의 말처럼 만물은 한 몸인데, 한 몸이라는 것이 너무도 분명한 사실인데, 이 사실을 사실대로 보지 못하고, 만물과 하나되지 못하고, 사실이 아닌 꿈처럼 보고 있으니, 이것이야말로 문제가 아니겠소?'라는 반문인 것이다.

마르셀 프루스트의 『잃어버린 시간을 찾아서』에 이런 구절이 나온다. "달걀노른자처럼 샛노랗게 반짝이는 꽃들이 풀밭 위에서 혼자, 짝지어 혹은 무리 지어 놓고 있는 모습을 바라보면 다른 어떤 것도 쳐다보고 싶지 않다는 생각이 든다. 꽃들을 바라볼 때 드는 즐거움을 그들이 금빛으로 물들인 지면에 차곡차곡 쌓다 보면 너무나 과한 아름다움까지 만들어 낸다고 느껴질 정도로 그 느낌이 강렬해진다."

「스완네 집 쪽으로」 장에 나오는 초원에 핀 꽃들을 향한 찬가다. 특히 노란 앵초, 개양귀비, 제비꽃, 미나리아재비 등 아주 작은 꽃들을 볼 때 느끼는 강렬한 아름다움을 표현하고 있다. 마치 대승불교에서 이상적인 세계로 꿈꾸는 '화엄세계'가 아닐까 하는 생각이 들 정도다. 자기만의 빛깔과 향기의 자태로 모두 함께 어울리는 초원의 꽃밭이야말로 화엄의 비유로 맞춤한 것이다. 그런 꽃들의 세계처럼 진리를 있는 그대로 드러낸 우주 그 자체, 모든 현상이 함께 의존하여 일어나 서로가 서로를 받아들이고, 서로가 서로를 비추면서 끊임없이 흘러가는 장엄 세계가 화엄 아니던가.

지금 세기까지의 모더니즘의 기획은 이미 파탄하였다. 파탄의 이유는 간단하다. 모든 사물을 분석하고 판단하여 인본주의적 관념으로 지적 조작을 했기 때문이다. 있는 그대로의 자연, 있는 그대로의 세계보다는 이성이라는 분별지로 우열과 호오를 갈라 차별하고, 인간주의 입장에서 세상을 개조하려고 했기 때문이다. 그렇게 해서 이룬 세계화, 도시화가 코로나 바이러스 하나에 속수무책 아닌가. 우리는 위의 프루스트의 소설 문장 하나를 읽으며 모든 걸 다시 시작해야 할지도 모른다. 우리 곁의 작고 소중한 것들의 아름다움을 깨닫는 일에서부터 말이다.

"봄에는 백 송이 꽃, 가을에는 달. 여름에는 시원한 바람, 겨울에는 눈. 정신에 헛된 것이 달라붙지 않을 때, 이때가 인간에게 참 좋은 시간입니다." 선어록 『무문관』에 나오는 게송이다. 버들은 푸르고 꽃은 붉은, 이 너무도 당연하지만 소중한 사실을 잊지 않을 때 사람들은 매사에 자기 삶의 본래적 의미를 느낄 것이다.

- 『문학의 오늘』

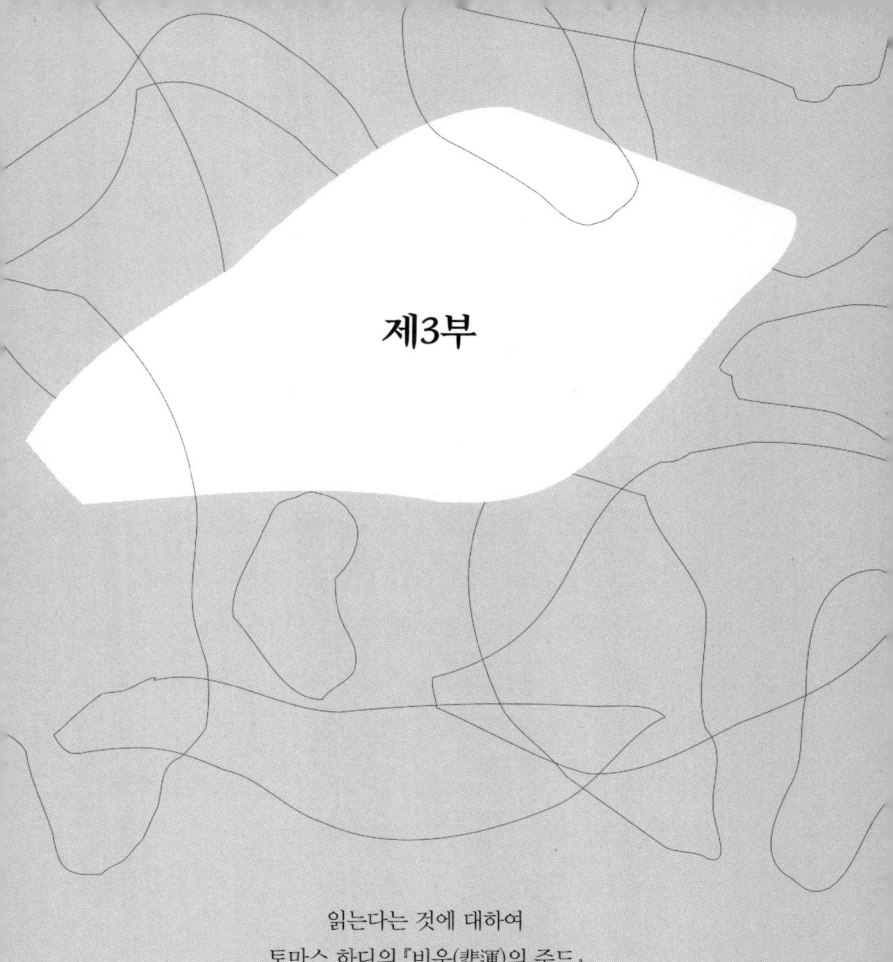

제3부

읽는다는 것에 대하여

아주 오래전에 실학자들에 관한 책을 읽다가 '서중묘벽(書中妙闢)'이라는 말을 발견하고 너무 좋아서 가까운 서예가에게 부탁하여 지금도 그 사자성어를 서재에 걸어 놓고 있다. 아마 홍길주(1786~1841)가 서재에서 책을 읽다가 벽이라는 경계가 묘하게 열려 다른 세상으로 넘나드는 경지를 그렇게 표현한 것일 게다. '독서삼매'라는 말과 비슷한 의미이다. 책 있는 것에 몰입하는 가운데 그 속에서 어떤 진리의 깨달음이나 큰 정서적 감동을 얻었을 때 불교에서 말하는 삼매경에 종종 빠지게 되는 것을 누구나 한번쯤은 경험했을 것이다. 오죽하면 나는 불교에 대해서도 지금껏 경전이나 선어록 등 각종 불교서적을 읽어 가는 데서 배웠으니 독서라면 일가견이 있을 정도라 해도 과언은 아닐성 싶다.

　내가 책을 읽기 시작한 것은 초등학교 3학년 때부터
다. 그때 방과 후에 집에 돌아가면 꼴을 베러 가야 하는
일이 싫어서 늦게까지 도서관에 남아 많은 탐정물을 읽
던 기억이 난다. 그러던 것이 중학교 때 편지로 사귀던 이
웃 마을 누나를 교회에서 만나 문학소녀였던 그녀로부터
매주 세계명작 소설 한 권씩을 전달받아 본격적인 독서를
하게 된다. 그때 읽은『죄와 벌』,『적과 흙』,『분노의 포도』,
『비운의 주드』등은 지금도 주인공 이름과 줄거리가 생생
하게 생각날 정도이다. 그러다 인근 도회로 유학 갈 돈이
없어서 가기 싫은 읍내 농업고등학교에 간 탓에 공부는
않고 늘 책상 밑의 철학서적 독파에 힘쓰다가 결국 그 책
을 쓰는 사람이 되겠다고 학교를 자퇴해 버렸던 일이 새
삼스럽다.
　특히 열아홉 살 무렵 광주에서 열린 한 작가초청 강연
회에 갔다가 서점에서 그의 책을 한 권 사는 바람에 차비
가 떨어져 고향까지 80여 리를 밤 내 걸어오던 일은 가슴
벅찬 기억이다. 그때 이후 많은 나날 동안 실연과 생활고
와 앞길에의 좌절로 술과 방황을 일삼을 때에도 책만큼은

손에서 뗀 적이 없다. 왜냐하면 앞에 열거한 여러 인생고 때문에 오랫동안 스스로를 골방 속에 유폐시킨 삶 속에서 그래도 나와 세계의 유일한 대화 창구는 책이었기 때문이다. 그러다가 마침내 책이 너무 좋아서 독서에 빠져들게 된 것이 그나마 문단의 말석이라도 차지하고 있는 오늘의 나를 있게 한 셈이다.

세계 최고의 독서가라면 아르헨티나 출신의 작가 호르헤 루이스 보르헤스이다. 그는 사후에 "20세기 중후반의 모든 인문과학의 사조가 그에게서 출발했다."라는 극찬을 받는 사람이다. 그는 어릴 적 집안의 도서관에서부터 문학 교수와 도서관 사서 그리고 나중엔 국립도서관의 관장을 역임하기까지 평생을 도서관에서 살았다. 그는 영국의 브리태니커, 프랑스의 디드로, 독일의 브록하우스 등 그동안 출간된 모든 백과사전을 외우다시피 반복해서 읽었는데, 그는 어느 인터뷰에서 실제세계와 백과사전 중에서 선택하라면 백과사전을 택하겠다고 말했다. 그는 나중에 장님이 되기까지 한 그 왕성한 독서력을 통해 '20세기의 창조자'라는 별명을 얻을 정도로 깊은 사유의 작품들을 발표하여 오늘날 수많은 추종자를 낳았다. 그는 '모든 곳은 도서관이다.'라고 한 바, 그렇다면 우주란 '신이 쓴 하나의 거대한 책'이겠다.

물·불·공기·흙의 4원소에 대한 '물질 상상력' 이론을 정립함으로써 금세기 최고의 시인 철학가로 불리는 가스통 바슐라르 역시 독서광이었다. "새로운 책들은 우리들에게 얼마나 가득한 덕을 베풀어 주는가! 젊은 이미지들을 말하는 책들이 하늘에서 내 바구니에 매일같이 가득히 쏟아져 내렸으면 싶다. 이 기원은 자연스러운 것, 이 기적은 손쉬운 것, 저 위의 하늘나라에서 낙원이란 다만 거대한 도서관이 아니겠는가?"라고 말한 그는 독서를 통해 상상력의 끝 간 데까지를 가 보았다.

터키의 소설가 오르한 파묵은 『하얀 성』에서 "편도 마차 승차권으로는 한 번 여행이 끝나고 나면 다시는 삶이라는 마차에 오를 수 없다. 그렇지만 만약 당신이 책을 한 권 들고 있다면, 그 책이 아무리 이해하기 어렵고 복잡하더라도, 당신은 그 책을 다 읽은 뒤에 언제든지 처음으로 되돌아가 다시 읽음으로써 어려운 부분을 이해하고 그것을 무기로 인생을 이해하게 된다."라고 말했다. 그의 또 다른 소설의 첫 문장은 "어느 날 한 권의 책을 읽었다. 그리고 나의 모든 인생은 바뀌었다."로 시작된다. 그는 책을 통해 새로운 인생을 살기 시작한 것이다.

책을 통해 보르헤스처럼 깊고 드높은 사유의 힘으로 세계와 우주를 통찰할 수도 있고, 바슐라르처럼 상상력의 무한한 시공간을 넘나들 수도 있으며, 파묵처럼 새로운 인생 이해의 길로 나갈 수도 있다. 또 누군 소박하게 지식을 습득하고 다른 세계를 간접 체험하기도 할 것이다.

나는 말년에 장님이 된 보르헤스의 '책 읽어 주는 사람'으로 고용되어 독서에 탐닉한 알베르토 망구엘이 그 독서 경험을 바탕으로 지은『독서의 역사』란 명저를 통해 책과 독서에 관한 인류의 끝없는 갈망과 그 위대한 승리의 6000년간의 역사를 본다. 이 책을 보면 "결국 세계는 한 권의 아름다운 책에 이르기 위해 만들어졌다."고 한 시인 말라르메의 말이 되새겨진다.

요새 영상의 시대를 운운하며 책의 종말을 얘기하지만 인간은 언어의 동물이다. 어쩌면 우주보다 더 오래 남을 그 언어의 기록, 곧 헤르만 헤세의 말대로 '인류가 자연으로부터 선물로 받지 않고 인간의 정신으로 창조한 수많은 세계 가운데서 가장 위대한 것인 책의 세계'가 인간 세상에서 어찌 사라지랴. 나는 오늘도 직장이 없으니 날이면 날마다 책에 파묻혀 사는데, 바람 빠진 풍선 같고 삶은 달걀처럼 팍팍한 인생에서 그래도 한 줄기 빛을 던져 주는 게 책이 아니던가.

- 〈전남일보〉

토마스 하디의 『비운(悲運)의 주드』

나의 스무 살 무렵은 한마디로 낙담과 실의의 시절이
었다. 나는 그때 땅 한 떼기 없이 자식만 해도 9남매나 되
는 가족의 절대적 가난과 그로 인해 중동무이한 학교 그
리고 육체적, 정신적 황폐로 인해 모든 꿈이 꺾인 채 마을
뒷산 속의 한 제각 방에서 두문불출, 먹빛 절망이나 씹고
있었다. 다행히 나중엔 끔찍한 사랑이 되었지만 그래도
그때는 세상과의 유일한 출구가 되어 주었던 동창생 여자
애가 학교에서 빌려다 주는 소설집 등으로나 겨우 고통의
나날을 견디고 있던 중이었으니, 한마디로 내게 빛과 정
열로 상징되는 청춘은 송두리째 면도날로 도려 내어져 버
린 것이나 진배없었다.

그러던 어느 겨울날, 내게 삼성판 세계문학전집으로 나

온 토마스 하디의 소설 『비운의 주드(Jude the Obscure)』
가 손에 쥐여졌다. 이 소설은 여주인공을 등장시킨 그의
다른 작품 『테스』와 쌍벽을 이루는 작품으로 작가의 원숙
한 장년기의 사상과 철학이 빈틈없는 구조와 묘사로 잘 짜
인 대표작인데, 그날 밤 날이 밝기 전에 다 읽은 소설의
주인공 주드는 한마디로 당시 나의 현재와 미래의 복사판
이었다.

　　고아나 다름없는 주인공이 석공 일을 하면서도 밤새워
수많은 책을 읽어 내는 독학으로 대학에 가서 학문을 연
마하고자 하나 그 의지가 끊기고, 둘째로는 승직에 오르
려는 각고의 노력도 물거품이 된다. 마지막으로 사랑으로
구원받고자 하나 우여곡절 끝에 결합한 애인 슈와의 순탄
치 못한 삶조차 결국 원치 않았던 전처소생의 아들에 의한
두 아이의 살해로 인해 파탄을 면치 못하게 되는 이야기
앞에서 나는 얼마나 울었던가. 그 견디기 어려운 고뇌와
고독은 그가 그토록 가고자 했던 대학가 하숙집에서 병으
로 홀로 누워서 대학 축제의 환호 소리를 들어가며 최후로
했던 모놀로그, 곧 "내가 태어난 그날을 멸하게 하라. 남
자아이가 태에 들어섰다고 남들이 말하는 그 밤도 멸하여
없어져라."고 한 구약 욥기의 한 구절을 토하게 할 정도로

격렬한 것이었다.

이미 성공작 『테스』에서도 잘 드러나 있지만 하디의 문학은 한마디로 "생을 제공해 주면서 부정해 버리는" 인생의 숙명적 부조리와 대결하는 비극의 문학이다. 위에서도 보듯이 주드로 대변되는 인생들은 한결같이 삶의 영위나 진지한 희망이 그 무엇인가에 의해 차례차례 파괴되어 가는 과정일 뿐이다. 이런 인생극장에서 웃음 같은 게 생겨날 리 있겠는가. 오직 "모든 웃음은 오해에서 생긴다. 똑바로 응시할 때 이 세상에 웃을 일이란 없다."라고 갈파될 정도로 가혹하게 인생을 몰아가는 것은, 소설의 여주인공 슈의 입을 통해 토로되는 잔혹하고 가공할 우주, 우주 속의 내적의지(內的意志, the Immanent), 곧 운명자(運命者)이다.

또 한편으로 그렇게 인생을 못 쓰게 몰아가는 것은 사회 제도이기도 하다. 이 소설의 여주인공 슈는 성구점에 일하면서도 비너스와 아폴로의 나상(裸像)을 사들이거나, 18세 때 어떤 대학생과 친해져 왕성한 독서를 통한 지식을 갖추지만 그 대학생과 한방에서 15개월간 살면서도 육체적 교섭을 하지 않고 끝낼 정도로 원래 모든 구속이나 압제에 맹렬하게 반항하지 않고는 견디지 못하는 여성이다. 심지어는 주드를 사랑하면서도 결혼은 하지 않고 아이를 낳으며 살다가 끝내 테스와 같이 잘못 태어난 사회 내지는 문명에 의해 압도당하고, 그녀가 본래 지닌 세련된 성적 감각과 여성성이 사회적 질곡 곧 결혼의 법도에 의해 유린당하고 마는 비극을 맞게 된다. 물론 그녀는 주드의 전처소생의 아이들에 의해 자기의 두 아이가 살해되자 그걸, 앞서 거행했던 주드의 늙은 은사인 필롯슨과의 '신성'한 결혼을 저버리게 된 것에 대한 벌로 여겨 그에게 다시 돌아가는 운명의 길을 밟는다. 하지만, 주드가 대학을 못 가게 된 것이 학교 제도 탓이듯 그녀의 불행도 먼저 자신의 본래 의사에 반한 필롯슨과의 첫 결혼 생활로 인해 생겨난 것이다.

이렇게 처음부터 끝까지 비운으로만 가득 찬, 너무 어둡고 가정 윤리에 어긋난다고 해서 한 승정에 의해 분서까지 당한 이 소설이 오늘날 우리에게 무슨 의미가 있기에 그 많은 고전들을 제치고 여기에 소개하는가. 물론 내 자신이 소설에서 주드가 겪은 것과 같은 학업의 좌절이랄지, 성직에의 꿈을 접어야 했던 것이랄지, 또 가장 숭고했던 사랑이 가장 끔찍한 사랑으로 바뀌어 버리는 고통을 겪으며 실존의 운명적, 사회적 부조리와 불운에 대해 체험적 공감을 했었고, 아울러 이런 비극적 인생을 그나마 살

만한 것으로 바꾸는 일에 그 후 모든 것을 걸다시피 한 것이 오늘날 이 정도나마 나의 존재를 가능케 한 것이 아니었느냐 하는 생각 때문이다.

그리고 또 하나는 속도와 욕망의 극점으로 치닫는 오늘날, 인간의 실존적, 운명적인 비극을 처절하게 되새김으로 삶과 세계에의 겸손함을 배우고자 한다면 바로 이 책을 다시 치켜들어야 한다고 생각해서다. 우리는 주드나 슈의 죽음과 불행이 아니더라도 생자필멸의 유한적 존재다. 따지고 보면 누구나 불쌍하고 서러운 존재인 것이다. 이런 존재들끼리의 최대의 덕을 나는 "연민"이라고 생각한다. 무릇 연민이라 함은 "타인의 고통을 함께 느끼는 데서 오는 슬픔"으로 이는 인간의 본질에 대한 슬프고도 따뜻한 이해에서 오는 감정이다. 그러므로 상대와의 연민을 확대하고자 할 때엔 끊임없이 자신을 낮추고 고통을 향해 평등하게 열려 있는 자세가 필요하다고 생각하는 바, 어쩌면 연민이 함께하는 자리는 신의 숨결이 닿는 자리일지도 모른다.

내 절망의 스무 살 때 읽은 토마스 하디의 『비운의 주드』가 인류의 고전인지 어쩌는지는 나도 모르겠다. 하지만 독서 외엔 다른 보람을 느끼지 못했던 그때 읽은 많은 책들 가운데서 도스또옙스끼의 『까라마조프의 형제들』과 함께 나의 뇌리에서 영영 지워 낼 수 없는 책인 것만큼은 분명하다. 흥미 있는 스토리에다가 시적인 향기, 매력적인 인물로 빈틈없이 짜인 구성과 함께 소설의 중심무대로 삼았던 그의 고향 남웨섹스 지방의 풍물이 정치하게 묘사된 점은 가히 산문시의 영역에까지 이르고 있는 등 형식에서도 어디 하나 허술한 곳이 없는 것 또한 이 소설이 주는 감동이다.

더 부기할 것은 이 소설에서 하디가 인생의 어두운 면을 보게 된 것은 그의 타고난 성격과 그가 자라난 환경도 일조를 했다고 한다. 그가 태어났을 때 의사는 죽은 줄만 알고서 그는 돌보지 않고 중태에 빠진 어머니 쪽에만 신경을 썼는데 옆에 있던 산파가 의사를 다그쳐 아직 생기가 남아 있는 그의 숨을 되돌려서 살렸다고 하는 바, 이와 같은 하디의 출생은 주드의 약체와 요절로 드러난다. 또한 그가 태어난 영국 남웨섹스 지방 도오세트의 집은 인가가 많지 않고 느릅나무가 무성하고 주변은 황무지여서 낮에도 을씨년스러운데, 여기에 겨울이면 스산한 바람이 굴뚝을 휘갈기며 맹수의 포효처럼 들려서 약하디 약한 하디의 신경을 얼마나 예민하게 긁었겠는가. 이는 결국 주드의 우유부단하고 예민하고 신경질적인 완벽주의자 성격으로 드러난 것이다.

　한 가지 흥미로운 것은 테스나 주드 같은 그런 비극적 인생을 창조한 하디 본인은 88세의 장수를 누렸다는 점이며, 나아가 이 소설로 인해 받은 중상과 비난 때문에 이후 소설을 그만두고 시로 행로를 바꾼 뒤 더 큰 성공을 거두어 만년까지 영광과 칭송을 받았다고 하는 점이다. 이는 꽤나 흥미 있는 아이러니며 또 그에게 노벨문학상이 주어지지 않은 것도 훗날 세계 문단의 가십거리가 되었다.

－『다시 읽는 인류의 고전』, 하늘연못

삶의 구도서이자 최초의 생태 환경서

30여 년 전 이래 오늘까지 내 머리맡을 떠나지 않는 한 권의 책이 있다. 헨리 데이빗 소로우의 『월든』이다. 이 책은 명문 하버드대학을 졸업하고도 앞에 전개될 탄탄대로의 직장과 지배 권력의 길을 아낌없이 버리고 목수일 등의 노동으로 생계를 꾸려 가며 글을 쓴 저자가 1845년 월든 호숫가의 숲속에 들어가 통나무집을 짓고 밭을 일구며 자급자족한 생활을 기록한 글이다.

이 책을 손에 들었을 당시 나는 10여 년을 고향에서 시 쓰는 일과 농민운동을 하며 나름대로 의미 있게 살던 중이었다. 시와 삶의 일치를 꿈꾼 평소의 신념대로 나름의 성심을 다한 생활이었던 것이다. 1980년대 이 땅을 도도하게 휩쓸었던 민중·민주·민족이라는 거대담론의 광장에서 많은 시인·작가와 지식인들이 치열한 삶을 살았다. 하지만 그들이 그토록 앙망해 마지않았던 민중과 민중적 삶으로 하방(下方)하는 경우는 누구도 없었기에, 민중으로서의 삶을 실천하고 있는 나의 나날은 자긍심을 갖기에도 충분하였다.

그런데, 그런 나에게 '간염'이라는 병고가 찾아왔다. 워낙 섬약한 체질인데다 힘에 부친 일들이 겹쳐진 때문이었다. 또한 그때는 그 찬연했던 시대정신이 동구권의 사회주의 몰락과 함께 혼돈을 겪더니 급기야 '잔치는 끝났다'라는 유행어와 함께 급속히 빛을 잃고 있었다. 가야 할 바를 찾지 못하고 헤매는 그 관념놀이의 허무와 비관의 자리에 자본과 욕망, 컴퓨터와 상품, 그리고 성과 죽음 의식이 장맛비 속의 붉덩물처럼 밀려왔다.

병으로 인한 실존적 고뇌, 기대했던 세상의 좌절 속에서 생긴 사회적 고뇌로 나는 새로운 인생관과 세계관을 정립하지 않으면 안 되었다. 바로 그때 들었던 생각이, 한 나라의 시인으로서 당장 세상에 불어닥친 자본과 상품에 대항하는 참인간의 길이 무엇인가, 최첨단 기술문명과 세속적 성공이 아니라 자연 친화의 존재적 생활의 길은 어떨까, 그리고 죽음과 고독을 넘어선 생명과 평화의 사상을 이제야말로 정립해야 될 게 아닌가, 하는 생각으로 고민을 거듭하였다. 한마디로 지금까지의 외부로만 내달렸던 삶과 생각의 틀을 뒤엎을 발상의 전환이 절실하게 필요해진 터였다.

바로 그때 우연히 서점에서 손에 쥔 책이 『월든』이었다. 소로우라는 한 선견지명의 지성인이 내가 품었던 문제에 명경 같은 대안을 제시해 놓고 있는 책이었다. 그때까지 주로 농촌 생활을 했던 나도 사회·경제적 소외지대로서의 농촌 문제에만 매달려 잘 보지 못했던 대안이었던 것인데, 이는 이데올로기도 아니고 현란한 지식도 아니고 단지 자연의 운행 원리에 순응하는 소박하고 생명 친화적 인생활과 그 생활에 바탕한 기품 있고 높은 사유를 누리는 삶이었다. 나는 물 만난 고기처럼 책에 빠져들었다.

소로우는 모든 문명사회의 편의를 훌훌 털어 버리고 숲속에 들어가 한 칸짜리 통나무집을 짓고, 손수 작물을 일궈 자급자족한다. 평원의 들소에게는 약간의 풀과 목을 축일 물만이 필요하듯 인간도 사는 데 그렇게 많은 것이 필요한 건 아니다. '자발적 가난'을 실천하며 더 기름진 음식, 더 큰 집, 더 화려한 옷을 떠나 높은 정신의 하늘에 오를 수 있다는 생각은 얼마나 청량한가.

무엇보다 이 책의 백미는 계절과 함께 유려하게 변하는 호수 주위의 숲과 그 속에 사는 동식물 등의 자연을 빼어나게 묘사한 부분이다. 책 아무 곳이나 들춰 보아도 "강둑 위를 눈부시게 비추는 햇빛의 따스함을 느낄 때, 노란 모래 밑에 숨어 있는 검붉은 흙을 바라보고, 마른 잎이 살랑거리는 소리와 수로에서 눈이 녹아 떨어지는 소리를 들을 때, 나는 영원의 상속자임을 느낀다."라는 구절들이 봄날 들판의 들꽃처럼 색색으로 피어 있다.

　　그런가 하면 물질문명의 폐해, 거짓과 위선의 사회제도에 대한 비판은 또 얼마나 통렬하던가. 그는 말로만 비판하는 것이 아니라 실제로 노예 제도와 멕시코 전쟁에 반대하여 인두세(人頭稅)를 거부하고 감옥에 수감되기까지 했다.

　　놀라운 것은 1850년대에 벌써 생태 파괴 문제를 깊이 자각했다는 점이다. 가령 밀렵, 대량 어획, 강과 숲의 훼손, 사유지들의 확대, 대자연 속에 들어서는 공장 등에 대한 비판은 놀라우리만치 앞서 있어 시공을 초월하는 현대성을 확보하고 있다. 높이 30미터가 넘는 큰 나무 한 그루가 톱에 베어지는 과정을 묘사하며 소로우는 거기에 깃들여 살던 새와 다람쥐, 아름다운 전설과 사람의 꿈이 한꺼

번에 넘어지는 것을 아파한다. 그런데도 "왜 마을에서는 조종(弔鐘)을 울리지 않는가."하고 그가 통탄할 때는 나도 같이 울고 있었다.

『월든』은 한마디로 소로우에겐 삶의 구도서(求道書)이자 21세기를 사는 현대인들에게는 최초의 생태 환경서이다. 19세기에 이미 21세기에 맞는 삶의 길과 생태주의적 사고를 선취해 낸 혜안이 참으로 놀라울 뿐이다. 내가 삶의 실존적 고뇌와 사회적 절망을 극복해 낼 수 있었던 것이나, 미미하지만 오늘날 '생태시인'으로 불리는 것도 이 책에 힘입은 바가 크다.

- 〈전남일보〉

가브리엘 루아의 『내 생애의 아이들』

　　몇 년 전 학교 급식 문제로 인한 학부모들의 거친 항의에 교사가 무릎을 꿇고 우는 모습이 텔레비전 뉴스로 방영되던 날, 교사인 아내가 어찌할 바를 모르고 민망해 하던 모습이 생각난다.

　　한참 만에 진정을 한 당시 교사 25여 년 경력의 아내는 그 어떤 경우라도 교육자인 교사의 책임이 1차적이지만, 그러나 자기 자녀들만을 만인지상으로 여기는 학부모들과 불과 한 시간 정도에 700여 명이 되는 전교생을 150명 정도가 수용인원인 식당에서 전부 밥을 먹게 해야만 하는 이 땅의 교육 여건 속에서는, 교사가 신의 손길과 마음을 가졌다 하더라도 그 아이들을 제대로 교육 시켜 내기는 힘들 것이라고 했다.

나는 그런 아내에게 캐나다의 대작가 가브리엘 루아의 걸작인 『내 생애의 아이들』이란 소설을 한 권 권하고 싶었다. 이는 광활한 대평원을 배경으로 사랑스런 풋내기 시골 여교사와 그보다 더 사랑스러운 아이들이 펼치는 아름다운 교감의 드라마이자 사랑과 믿음으로 우리 모두의 마음을 열게 하는 교육 소설이다. 젊은 시절 고향 가까운 소읍에서 교사 생활을 하며 어렵고 고독하게 지냈던 작가의 절절한 체험이 녹아 있다.

이 눈물겨운 소설집 속에도 학교를 감옥으로 여기는 아이, 도축장 근처 도둑 소굴 같은 집에서 사는 아이, 혼혈인 인디언 여자와 백인의 피를 받은 아이, 글자들을 아는 것이 아니라 그냥 그 글자를 글씨로 쓰는 것에 불과한 아이, 눈보라와 폭풍 속을 달리며 무언가 일을 저지르고만 싶어 하는 아이 등이 등장한다. 하나같이 열악한 이민자들의 학교이자 고독과 야생의 황무지에 세워진 이 학교의 사회 문화적 환경과 자연환경은 사실 우리 인간이 세상에 태어나 처하는 보편적 환경이다.

이런 복잡하고 골치 아픈 곳에서 어린 여교사는, 우선 포옹 하나만으로도 서로 다른 언어 사이에 가로놓인 단층을 극복해 내고 아이가 눈보라 속을 뚫고 달려와 선생님에게 해묵은 손수건 한 장을 성탄절 선물로 건네며 행복한 미소를 띠게 만든다. 도둑 소굴 같은 집에서 사는 아이에게선 종달새 같은 노래 소질을 발견하여 그 언어를 초월한 감미롭고 우수에 찬 무대를 마련해 줌으로써 아이들과 학부모들의 장벽을 허물어 버린다. 또 글자를 모르고 글씨를 쓰는 아이에게선 그 예외적인 글쓰기 재주를 통해서 의미를 초월한 소통의 비결과 함께 가난한 성자의 언어 너머의 찬미를 생각해 낸다. 선생님을 향해 첫사랑을 느끼는 야생마 같은 아이와는 광막한 눈보라 속의 산정에까지 함께 달려 발밑에 펼쳐지는 대평원을 내려다보는 것으로 아이의 높푸른 영혼과 찬란한 미래를 보여 준다.

용기도 믿음도 내일에 대한 희망도 얻어 낼 곳이 없어 보이는 이 황무지 학교처럼, 성적지상주의와 자본주의적 가치관만이 판치는 우리나라의 모든 학교에서도 교사와 아이들은 만남과 이별, 성장의 고통과 사랑, 고독 속에서의 용기와 자기 헌신을 배우게 된다. 또 사랑과 인식의 장소인 동시에 감옥과 함정이라는 특유의 양면적 성격을 가진 학교에서 아이들은 철학적 인식과 예술의 힘을 배우기도 하지만, 교사는 갈기가 검은 흰색 종마를 타고 금방이라도 달아날 준비가 되어 있는 아이들의 자유로운 꿈과 무한한 몽상을 지식의 감옥으로 끌어들여야만 하는 함정에 빠지기도 한다.

그럼에도 소설 속의 어린 여교사가 학교에 꽃무늬처럼 등교하는 아이들을 보며 "이 세상에서 어린 시절이 얼마나 상처받기 쉽고 약한 것인가를, 그러면서도 우리들이 우리의 어긋나버린 희망과 영원한 새 시작의 삶을 지워 놓는 곳은 바로 저 연약한 어깨 위라는 것을 마음 속 깊은 곳에서 절감하는 것이었다."라고 독백할 때의 순간은 얼마나 아름답던가.

선생님이 조금만 나무래도 교무실까지 찾아가 따지는 학생과 자기 아들에게 상장을 주지 않았다고 교사의 멱살을 잡는 학부모, 또 서로 치고 받는 교장과 교사 등, 이 교육 주체 삼자가 벌이는 일부의 못난 의식과 행동들이 엄존하는 교육 현장을 두고 아내에게 소설이나 권한 내가 우스웠다. 하지만 승마와 골프까지 가르치는 어느 초호화판 사립학교처럼 모든 여건이 완벽하다 해도 인간의 감동과 교감이 없는 교육은 더 이상 교육이 아니다. 인간의 감동과 교감의 장을 여는 데는 시나 소설 등 문학 작품보다 더 좋은 건 없다.

- 월간 『인권』

인간의 가장 예의 바른 행동

덴마크의 작가 페터 회의 소설 『스밀라의 눈에 대한 감
각』을 읽었다. 한 아이가 지붕에서 떨어져 죽었다. 죽은
아이와 함께 평소 책을 읽곤 했던 '윗집 여자' 스밀라는
이 아이의 죽음에 의문을 표한다. 경찰이나 다른 사람들
은 흔히 어린아이들에게서 발동하기 쉬운 장난기가 아이
를 지붕 위에 올라가게 했고, 마침 그 위에 얼어붙은 눈이
아이를 미끄러져 떨어지게 했을 것이란 결론을 낸다. 하
지만 계단이 있는 2층에까지도 어깻죽지를 붙들고 억지로
끌어 올려야만 할 정도로 고소공포증이 있는 아이가 어떻
게 지붕에 올라간단 말인가.

스밀라는 다른 사람들과 자기 사이에 일치하지 않는
그 '사소한 죽음'을 납득하기 위하여 탐정의 길에 나선다.

그리고는 각종 위협과 폭력을 160센티미터, 50킬로그램의 작은 몸으로 온전히 받아내며 통제된 시스템과 불길 속, 바다와 얼음 위로 돌진하여 진실을 구하게 된다. 그 작은 죽음의 세계를 둘러싼 거대한 음모와 홀로 투쟁을 벌이는 스밀라는 그러면서 이렇게 말한다. "나는 영웅이 아니다. 한 아이에 대한 애정이 있을 뿐이다. 나는 그 아이의 죽음을 이해하고자 하는 사람이라면 누구든지 그 손에 내 집념을 맡겼을 것이다. 하지만 그런 사람은 아무도 없었다. 나 말고는 아무도!" 참으로 겸손하지만 위대한 고백이다.

대구 개구리소년 실종사건이 얼마 전 공소시효를 다했다. 화성 부녀자 연쇄살인사건도 마찬가지다. 어디 그뿐이겠는가. 그동안 얼마나 많은 억울한 죽음들이 미궁 속에 빠져 버렸는가. 범죄는 남고 범인은 사라져 버리는 기막힌 현실이다. 다행히 제주 4·3사건이나 거창 양민학살사건, 또 최종수 교수 타살 사건 등 굵직굵직한 역사적·정치적 사건들은 그 진실이 밝혀져 명예회복까지 이루어지는 마당이지만, 아무 영문도 모른 채 죽어 가야만 했던 이 땅의 어린이며 여성들의 원혼은 해원할 길이 없는 것 같다.

사회에 그런 미궁의 사건이 많을수록 우리의 삶도 미로에 갇히기 십상이다. 스밀라가 한 아이의 '사소한 죽음'을 납득하고자 고난의 길을 자처한 것은 일차적으로는 아이에 대한 모성과 약자에 대한 연민 때문이었다. 하지만 그것의 본래는 어떤 진실에 대한 뜨거운 믿음과 우리를 둘러싼 세계에 대한 깊은 이해, 그리고 궁극적으로는 삶의 근원적 절대성에 대한 꿈 때문이었다. 이를 통해 상대적이고 불확실하며 늘 불의에 시달리는 우리의 삶을 온전히 지켜내고자 한 것이었다. 이는 삶과 세계를 사랑하는 사람들이 행할 수 있는 가장 예의바른 행동이다. 이런 행동들만이 삶의 미로를 당당히 뚫게 할 수 있다.

　　벌써 몇 년이 넘었는가. 이라크에 기독교를 전파하러 갔다가 과격 테러 무장 세력에게 한국인 김선일 씨가 살해되었을 때 나는 그때까지 역사의 진보를 믿고 지지해왔던 마음을 그만 철회하고 싶었다. 특히나 국가가 한 개인의 생명 보호를 위해 과연 무엇을 할 수 있는가에 대하여 심각하게 회의했었다. 한국군의 이라크 파병을 문제 삼은 납치 세력 앞에서 살려 달라고 애원하는 김선일 씨의 모습이 방송에 뜬 지 불과 30분 만에 국가의 수장인 대통령이 기자회견을 하여 이라크 파병방침 절대 불변을 천명하는 모습에 나는 경악했었다. 결국 김선일 씨는 한국인이라는 국적 때문에 그 무엇과도 바꿀 수 없는 자기의 생명을 잃고 말았던 게 아니던가.

한 아이의 '사소한 죽음'의 진실을 밝히기 위해 자기의 목숨을 걸어 버린 스밀라는 다만 소설 속 인물이고, 한 개인의 생명일랑은 아랑곳없이 '국익적 파병'을 외치던 국가의 수장은 현실 속 인물이기 때문에 그런 것 아니겠느냐고 당연시하기엔 뭔가 의분할 일이 아닌가. 그 이야기는 그냥 특수한 예로 치부하더라도, 오늘날 우리에겐 스밀라처럼 인간의 가장 예의 바른 행동들을 보여 주는 이들은 별로 없다. 정치인들은 오히려 불의와 정쟁만을 일삼다가, 가령 세계야구대회 같은 데서 4강의 성적을 낸 선수들에게 국민들이 열광하자, 그 열광에 편승하고자 얼른 병역 면제 혜택 같은 것이나 줘 버린다. 선수들이 국위를 선양하고 엄청난 경제 효과를 냈다는 명목이다. 하지만 세계 야구 강국인 쿠바나 축구 황제국인 브라질 등이 그 스포츠의 힘으로 부자 나라가 됐다는 말은 한 번도 들어본 적이 없다.

사실 자연 속 그린란드에서 태어나 문명 속 덴마크에서 적응 못 하는 스밀라도 애초엔 삶에 대한 냉소와 독설로 얼음같이 찬 여자였다. 구조적으로 세상에서 배울 만한 유일한 가치가 있는 것은 단념하는 법과 자기 비하, 그리고 어떠한 것에 대한 희망도 버리는 것이라고 할 정도였다. 하지만 한 아이에 대한 애정과 그 죽음에 대한 진실 추구가 그녀를 폭파된 배의 불길과 얼음 덮인 겨울 북구의 바다 속에서도 살아나게 할 정도로 뜨겁게 만들었다.

그러니 무릇 정치인이라면 요정 같은 데 가서 비싼 술 먹고 성추행이나 하지 말고, 포장마차 소주 마시며 사회 양극화 문제에 대해 시민들과 토론해야 한다. 진정한 언론이라면 신년 벽두두터 나라를 온통 월드컵 광풍 속으로 몰아넣지 말고, 한미 FTA 반대를 위해 타국에까지 나가 시위를 하는 농민들의 아픔도 헤아려야 한다. 아름다운 축구팬이라면 독일월드컵의 비싼 입장권만 사지 말고 복지단체에서 파는 1만 원짜리 쿠폰도 살 줄 알아야 한다.

― 〈전남일보〉

전영백의 『세잔의 사과』

인간 군상의 다양한 내면을 연기해 내던 어느 중견 배우가 문화체육부장관이 된 후 행한 행위는 오늘 이 땅의 문화 종사자 모두를 경악하게 했다. 정권이 바뀌었다고 해서 임기가 보장된 각종 공기업과 문화단체 수장들을 일거에 축출하려는 그의 '완장' 찬 언행은 지난 5공 때나 있음직한 획일적 사유의 드러냄이지, 문화인으로서 할 일이 아니었기 때문이다.

포스트모더니즘 시대를 사는 오늘날, '문화는 다양성이 그 생명이다.'는 말은 이제 공식이다. 이 다양성을 생각할 때 미술사학자 전영백 선생이 쓴 『세잔의 사과』라는 고급한 지성과 인문적 향기로 가득한 책은, 나로 하여금 유월 장미를 보고도 어디 빌어다 쓸 열정 하나 없이 죽어 버린 감각과 생각을 일거에 갱신해 버린 책이다.

　유럽 문화를 낳은 '네 개의 사과'가 있다. 아담과 이브
가 하느님의 말을 배반하고 따 먹어서 실낙원을 하게 된
금단의 사과, 세 여신의 불화를 일으켜 트로이전쟁을 일
으킨 파리스의 사과, 뉴턴 머리 위에서 떨어져 만유인력
을 발견하게 한 사과, 그리고 아들의 머리 위에 놓인 사과
를 화살로 명중시킴으로 스위스가 오스트리아로부터 독립
을 쟁취하게 한 빌헬름 텔의 사과다. 거기에 하나를 더 추
가하면 "나는 사과 하나로 파리를 놀라게 하겠다."고 공언
하고 파리에 진출하여 현대 미술의 역사에 지대한 영향을
끼친 세잔의 사과를 다섯 번째 사과로 추가할 수 있다.
　파리에 진출한 뒤 인상주의 화풍에 함께하였다가 여러
실험을 거치고 나중엔 다시 고향 엑상프로방스로 내려가 자
연과 근본적인 관계를 맺고 있는 그림들을 통해 현상적인
묘사보다 대상 자체의 존재에 집중하여 획기적인 성과를 거
둔 세잔! 그러나 그는 미술에 대한 다층적이고 심도 있는
이해를 가능하게 하는 중요한 화두인 '정통을 다원화하기
(differencing the canon)'의 전략을 통해 끊임없이 그리고
다양하게 해석되어 그 두터운 의미의 층이 드러나며, 서양

미술사를 통틀어 가장 지적인 작업을 남긴 작가로 통한다.

메를로-퐁티는 『의미와 무의미』의 첫 글에서 세잔의 말을 인용했다. "풍경이 내 속에서 자신을 생각한다. 나는 풍경의 의식이다." 이 말에 맞장구라도 치듯 메를로-퐁티는 세잔이 모방도 가공도 아닌 표현 활동으로서의 예술에 미칠 때까지 정진한 것은 "그가 전능하지도 않았고 신도 아니었기 때문에, 그런데도 색채를 그리기를 원했고, 세계를 전적으로 광경으로 바꾸기를 원했고, 세계가 어떻게 우리를 만지는가를 볼 수 있도록 하기를 원했기 때문이다." 라고 했다. 풍경이 생각하고, 세계가 우리를 만진다는 등의 이 말들은 세잔이 얼마나 사물과 감각의 '살 존재론'에 빠져 있는가를 잘 보여 준다. 감각 덩어리인 사물, 색으로 된 사물, 살로 된 사물을 통해 존재의 원형에 다가고자 다양한 실험을 했던 세잔의 실제 사과 그림을 하나 보자.

그의 「사과와 오렌지」(1899)는 실제로 정물화 속 사과가 왜 그리 중요하며 또 그것이 미술사에 얼마나 큰 영향을 끼쳤는지 알 수 있게 한다. 이 그림은 하나는 흰색이고 다른 하나는 여러 색깔이 포함된 식탁보 위 그릇에 사과와 오렌지가 담겨 있는 모습을 그린 것이다. 식탁보는 식탁

위에 바르게 깔린 게 아니라 아무렇게나 뭉쳐 있고, 그 위의 그릇 하나엔 사과가 꽤 그럴 듯하게 형태나 색감이 나도록 그려진 채로 쌓여 있는데, 뒤쪽 그릇의 사과는 대강 색칠만 해놓은 듯하다. 더구나 사과 그릇들은 식탁보와 함께 금방 테이블에서 아래로 쏟아져 내릴 것처럼 불안하다.

한눈에 보아도 전통적인 정물화 표현법으로 그려진 그림이 아니다. 사물에 입체감을 주기 위한 명암법과 척도법이 없을 뿐더러, 색은 균질하지 않고 형태는 정확하게 묘사되지 않았다. 그럼에도 "화면 속의 과일과 사물들은 대각선 구도를 따라 서로 다른 각도로 각자의 공간을 차지한다. 언뜻 보면 무질서하게 놓인 것 같지만, 찬찬히 관찰할수록 대각선 구도 아래 정확히 조화를 이루도록 배치가 계산되어 있음을 알게 한다. 그려진 사물들은 각각 여러 각도에서 보이는 것을 모두 합쳐 놓은 것으로, 세잔은 이 다양한 각도의 관찰을 한 화폭에 모으는 데 성공하고 있다. 이 때문에 화면 전체가 균형을 이루었으면서도 다양한 시점을 누릴 수 있다. 바로 이 다양한 시점을 종합하는 표현이 세잔이 가장 공을 들인 핵심이다."(안현배, 『안현배의 예술수업』)

전영백은 그런 세잔의 다양한 철학적 사유로 가득한 그림들의 의미를 현대의 내로라하는 대표적 사상가 여섯 명의 철학과 미학을 빌어 여러 각도에서 해석해 낸다. 기호적 정신분석학으로 유명한 크리스테바의 멜랑콜리 이론과 기호학적 시각으로는 「세잔의 부인 초상」 등 무표정하고 비인간적인 인물의 표상과 색채에 대해 살피고, 프로이트의 정신분석학적 눈을 통해서는 「대수욕도」 등 세잔의 추하고 관능적이지 않은 누드화를 들여다본다.

욕망과 배설의 철학자로 비난받았던 조르주 바타유의 에로티즘 미학과 초현실주의 개념으로는 「살인」 등 성(性)과 폭력이 가득한 세잔의 초기 작업들을 찬찬히 살펴보고, 『천 개의 고원』을 쓴 들뢰즈의 '감각'과 '형상'의 개념으로는 세잔의 회화에 대한 철학적 인식을 심도 깊게 해석한다. 그리고 라캉의 주체와 시각 구조에 대한 이론으로는 세잔의 미술작품을 이해하는 또 다른 길을 제시하고, 마지막으로 메를로 퐁티의 지각을 핵심으로 하는 현상학적 관점으로는 세잔의 예술 철학을 탐구하고 있는 것이다.

이상의 여섯 가지 시각적 표상을 통한 세잔 해석은 모더니즘의 언어 중심적 담론이 미처 드러내지 못한 인간 존재와 사물의 본질에 다가서게 한다. 관념으로 왜곡된 존재의 본래면목을 정직하고도 뜨겁게 만지게 하는 것이다.

저자의 내공이 빼곡히 쌓인 세잔에 대한 연구와 여섯 사상가들에 대한 해박한 인식을 통해 벌어지는 책 내용의 진경은 한마디로 위에서 말한 '정통을 다원화하기'라는 화두 없인 불가능했을 것이다. 다시 말해 어느 한쪽의 시각만을 고집하지 않는 포스트모더니즘 문화의 예술에 대한 다원화 추구가 이처럼 한 작가를 다양하고 심층적인 해석을 가능하게 했다는 말이다.

요새 천여 개가 넘는 지방문화 축제들이 그 지방의 고유성과 특성에 기반한 다양성을 잃고 대중가수 초청공연이나 상투화된 민속놀이로 획일화하는 모습을 볼 때마다 그 상상력의 빈약함과 사유의 천박성에 혀를 내두를 수밖에 없곤 한다. 그처럼, 5천 년간 이어져 온 우리 문화의 다양한 빛깔을 단일색으로 칠해 버리는 우를 범할 권리를 얻기라도 한 듯 행한 완장 찬 연극 배우의 타자에 대한 인정 없는 문화는 파쇼정치에 불과하다.

－〈광주일보〉

대숲, 바람, 진공묘유(眞空妙有)

　대숲을 테마로 한 라규채의 사진은 회화로 보면 추상화다. 사물의 사실적 재현보다는 대상의 형태에 대한 해체를 통해 주체의 감각이나 사유를 드러내는 것을 우선시하는 게 추상화일진대, 라규채의 사진들이 그렇다. 흔히 대숲 하면 하늘로 곧게 뻗은 대줄기나 사시사철 짙은 초록을 발산하는 댓잎들이 우리의 뇌리에 원형상징처럼 각인되어 있다. 그러기에 대숲 사진하면 으레 곧게 뻗은 대줄기나 짙은 초록의 댓잎들에다 양념으로 더하여 대숲에 쏟아져 내리는 아침 햇살이나 대가 휠 정도로 내려앉은 폭설의 장면을 찍는 데 익숙하다. 물론 그 사실적인 사진들도 대숲이라는 소재의 싱그러움과 탁월함으로 우리에게 푸르고 곧은 절개랄지 시원(始原)의 신비로움을 느끼게 하여 심미감을 자극하는 데 부족함이 없다.

그런데 라규채는 이 대숲에 바람을 불러들인다. 그렇다. 대숲은 사실 바람과 상응하여 제 존재의 빛을 더욱더 발한다. 대숲에 일렁이는 바람으로 인하여 어느 시인의 말처럼 대숲은 별 떼가 부서져 반짝이는 빛과 소리의 향기를 발산하고, 대숲에 일렁이는 바람으로 인하여 대숲은 고흐의 사이프러스나무처럼 하늘을 향하여 몸부림하며 치솟는 몽상과 신성의 영혼을 고양하며, 대숲에 일렁이는 바람으로 인하여 대숲은 지상에 붙박여 사는 삶의 거부와 저항의 몸부림으로 스스로를 새로운 존재로 승화시킨다. 한마디로 정태적인 대숲은 일렁이는 바람의 기운생동(氣運生動)으로 삶의 역동성을 창출하는 셈이다.

라규채는 일단 이 바람의 기운생동을 통해 대숲을 노란 노을로 번지게 하여 우리를 아득한 몽상의 세계로 데려가기도 하고, 먹구름과 흰구름이 서로 섞이며 이루어 내는 아우라로 우리를 신비로운 교감의 장에 끌어들이기도 하고, 우주의 블랙홀 같은 대숲의 회오리를 만들어 내 인간의 원초적 공포감을 자아내기도 한다. 또 서로 저미는 검푸른빛과 희고 노란빛의 태극과 같은 대칭구조의 눈동자를 연출하여 삶과 세계의 음양 구조를 보게도 하는가 하면, 수많은 대들이 하늘로 쏘아 올리는 빛의 향연을 통해 신성으로 치닫는 삶의 기쁨을 얻게도 하고, 심지어는 대의 형상을 나무의 형상으로 변신시켜 우리의 고정된 삶을 새롭게 탄생시킬 수 있는 무한한 가능성의 세계를 열어 놓기도 한다.

사진예술의 신비로움을 극명하게 느끼게 하는 라규채의 작품들 앞에서 우리는 입이 딱 벌어지는 어떤 황홀감을 체험하고도 충분히 남는다. 하지만 라규채가 자기의 작품들을 통해 말하고자 하는 게 이보다도 한 차원 더 높은 생각일 것이라는 사실은 그 작품들 앞에 그리 오래 서 있지 않아도 금방 눈치챌 수 있다. 가장 사실적인 사진을 요구할 것만 같은 대숲 사진을 이토록 카메라를 안고 춤을 추어대며 대숲을 뭉개고, 번져 저미게 하고, 아득한 아우라를 만들어 내는 등의 극도의 형태 해체를 통해, 그가 드러내고자 하는 주체의 사유 혹은 철학이 없다면 그건 단지 전위적인 감각의 확대에 지나지 않을 것이기에.

불교의 삼법인(三法印)은 '모든 것은 멈추어 있지 않고 변한다.'는 제행무상(諸行無常), '존재하는 모든 것은 불변의 실체가 없다.'는 제법무아(諸法無我), '모든 것은 괴로움이다.'는 일체개고(一切皆苦)를 말한다. 여기서 일체개고를 빼고 열반적정(涅槃寂靜)을 넣기도 한다. 만물은 생로병사라는 사이클로 생성과 소멸을 거듭한다. 그러니 모든 존재는 멈추어 있지 않고 변하는 것만이 진리다. 그렇다면 존재하는 모든 것에 실체가 있을 리 없다. '나'라는 존재 자체가 시절 인연들로 얽힌 타자들의 집산(集散)에 불과할진대 그 어디에 실체가 있고 없고 하는가. 이 무상과 무아를 깨닫지 못하면 삶의 모든 것은 괴로움이고, 이를 깨달으면 열반적정의 해탈에 이르게 된다는 것이 불교의 근본교리다.

라규채가 카메라를 안고 춤을 추며 대숲의 형태를 해체하는 것은 사실 해체가 아니라 대숲이라는 존재의 변함 곧 무상함을 포착해 내는 행위이자, 그러기에 실체 없는 대숲의 무아 곧 공(空)을 얻고자 하는 행위로, 이는 사진을 통한 진리 탐구다. 아니나 다를까 그는 작업노트에서 반야심경에서 말하는 색즉시공(色卽是空), 공즉시색(空卽是色)을 찍고자 했다는 발언과 함께 그 공은 무(無)가 아니라 진공묘유(眞空妙有)라는 열반적정의 세계임을 분명히 했다. 사실 재현이 대세인 사진계에서 이토록 관념의 다른 이름인 이상세계를 열어 보이고자 하는 그의 시선은, 그러므로 은산철벽을 깨고 돈오를 얻고자 하는 선객

(禪客)의 화두 참구 행위로 누구나 그 속에 쉽사리 들 수 없는 작업이다.

"난 평생 결정적 순간을 포착하길 바랐다. 하지만 인생의 모든 순간이 결정적 순간이었다."라는 고백은 그가 살아온 시대의 증언으로서 결정적 순간들을 기록한 앙리 카르티에 브레송의 말이다. 그의 '결정적 순간'은 어쩌면 라규채가 추구하는 '돈오의 순간'일 수도 있다. 브레송이 사회적이고 라규채가 존재적이라는 차이일 뿐, 렌즈의 직관을 통한 삶의 구도 행위임은 동일한 것 아닌가. 인생의 모든 순간을 깨달음의 순간으로 바꾸고자 하는.

라규채는 대학에서 행정학을 공부한 공무원이다. 나는 그간 그가 자기의 직업상 필요한 기록사진을 찍어 대는 줄로만 알았다. 한데 이번에 이 개인전 도록의 프로필을 통해 그가 우리의 야생화, 우리의 멋과 얼, 우리 국토의 동서남북 끄트머리, 우리 땅 우리 민족의 숨결, 한국의 정원, 한국의 미 그리고 대숲 시리즈 등 우리 것에 대한 천착으로 각종 단체전이나 개인전을 거쳐 왔고, 근래에는 바쁜 와중에서도 대학원에서 사진학을 다시 전공하는 탐구자임을 알게 되었다. 우리 것에의 천착뿐만 아니라 그의 이런 근면한 도정이 오늘 자기가 나고 자란 고향의 대

숲을 자기 작품의 근본적 정체성으로 삼고, 그 사진들을
철학화 하는 지경까지 이르렀음을 알게 됐으니 이 어찌 기
쁜 일이 아닌가.

사진은 기록성과 예술성 사이에서 서로 끊임없이 반목
하면서 발전되어 오늘날 예술로서의 위상을 확립했다. 물
론 그건 현실에 안주하거나 과거의 답습이 아니라 끊임없
이 형식을 파괴하고 새로운 것을 추구함으로 가능했다.
그럼에도 오늘, 근대의 회화주의적인 살롱 사진과 생활
주의 사진의 전통을 단박에 뛰어넘는 작품을 보기는 수월
치 않다. 다행히 라규채는 이번 대숲 테마 작품들에서 자
기 나름의 사진에 대한 생각의 단초를 마련한 것 같아 미
덥다. 다만 그 기록성과 예술성에 대한 섣부른 초월(超越)
이 아니라 포월(包越)의 독창적 모색으로 그 존재의 의미
를 탐구한다는 전제하에서 말이다.

－『라규채 사진전 도록』

탁 트이고 텅 비고 높다란 데

올여름 폭염과 같은 맹위는 내 생애에 있어 그 유래가 없는 것 같다. 몇 가지 지병을 지니고 사는 나로서는 그저 조심조심 피서를 해 보느라 여념이 없다. 그중 하나가 정자에 나가 소요하는 일인데, 다행히 나의 우거가 있는 담양은 정자문화 1번지로 일컬어질 정도로 유서 깊은 정자들이 처처에 산재하여서 가능하다. 대표적인 정자로 「사미인곡」의 산실인 송강정, 「성산별곡」이 쓰인 식영정, 조선조 최초의 민간정원인 소쇄원과 환벽당 등 즐비하다.

고려 최고의 문장가였던 이규보는 "정자란 탁 트이고 텅 비고 높다란 데 지은 것"이라고 했다. 이어령 교수는 이를 두고 정자는 모름지기 벽 하나 없이 사방이 열린 개방성과 무엇을 쌓는 곳이라기보다는 시 짓고 술 마시고 학예를 담론하는 무소유성, 그리고 속악한 무리들을 떠나 삶의 품격을 지키고자 하는 어떤 고고한 정신성을 함양한 곳이라고 해석한다. 한사코 벽과 벽을 쌓고, 재물과 권세를 쌓고, 대중적이고 물질적인 향락에 빠져 사는 21세기 문명의 대안으로서의 정자 정신을 되새김한 것이다.

하기야 크낙한 솔 그늘 밑 정자에 들면 탁 트이고, 텅 비고, 높다란 그곳엔 아무리 무더워도 초록 바람이 들고 나는 데 걸림이 없다. 그뿐인가. 새소리도, 꽃향기도, 나무 냄새도 무시로 동석을 하니 한일(閑日)의 여유까지 맛보는 것은 예의 돈 안 드는 호사이다.

요즘의 우리는 조선조를 긍정보다는 비판적으로 더 많이 보지만, 사실 당대의 사대부들은 필수과목인 문·사·철과 교양과목인 시·서·화의 연마로 피나는 수기(修己)의 과정을 거친 뒤에야 과거 등의 시험을 통해 비로소 치인(治人)의 단계로 나갈 수 있었다. 한마디로 최고의 인문학자들이 나라의 공복들이었던 셈이다. 그러니 그들은 정쟁의 와중에 실각하여 산중의 빈 정자에 들어도 누구든 강호가도 혹은 계산풍류의 시 한 수는 남겼던 것이다.

한데 소쇄원을 조성해 놓고 경내의 광풍각, 제월당 등의 정자에서 소요유(逍遙遊) 했던 양산보라는 인물은 문장을 남기지 않은 산림처사다. 조선조의 가장 혁명적 지식인이었던 조광조가 그 과격성으로 인해 결국 유배 한 달 만에 화순 능주에서 사약을 받아 버리자, 그의 문하생이었던 열일곱 살 양산보는 세상에 대한 큰 실망으로 담양 남면의 계곡으로 숨어든다. 그리고는 소쇄원이라는 우거를 짓고 학문에 전념하면서도 문장을 한 줄도 남기지 않았던 것이다. 다음의 시는 비로 쓸고 물을 뿌린 것처럼 깨끗하다는 의미의 소쇄지경을 이룩했다고 할 수 있는 아름다운 사람, 양산보에 대해 읊은 시다.

　　조선조 때 양산보라는 처사가 있었나니
　　천하를 논하던 스승의 낙마로
　　그 큰 뜻 접고 낙향한 사내였던 바
　　여기 소슬한 숲속에 소쇄원이라는 우거를 짓고
　　일평생 들어오고 나아감이 없었거니와
　　어쩌자고 문장 한 줄 남기지 않았나니
　　그 분노의 문장 청대숲으로 치솟게 하고

그 결곡한 문장 개울물 소리에 흘려주고

그 슬픔의 노래 동박새 울음에 넘겨주고

그 마음의 환희 자미꽃으로 일렁이게 한 연후에

다만 광풍(光風)과 제월(霽月)로 호사를 누렸나니

아, 불우로써 불우를 이긴 소쇄처사여

　　　　　　　　　　　　　　　　－「불우로 불우를 이기다」

　올여름 피서쯤으로 정자를 들고나는 것만은 아니어서, 정자 이름을 풀어보는 일도 쏠쏠한 재미였다. 예의 소쇄원(瀟灑園)은 "비로 쓸고 물을 뿌린 듯 깨끗한 원림", 식영정(息影亭)은 "그림자가 쉬는 정자", 환벽당(環璧堂)은 "푸르름을 둘러친 집", 명옥헌(鳴玉軒)은 "물구슬이 울리는 처소", 송강정(松江亭)은 "푸른 솔과 강이 어우러진 정자", 면앙정(俛仰亭)은 "하늘을 우러르고 땅을 굽어보아 양심을 살피는 독신의 집"이라고 그 이름들을 풀어 보니, 당호들이 하나같이 시라는 사실이 경이로웠다. 멋들어지고, 아름답고, 신비하고, 심오한 의미가 곁들여진, 이러한 경이의 시를 세속의 누가 느끼고 안다는 말인가. 나 또한 지금껏 이 같은 황홀한 시적 경이의 순간을 제대로 표현해 낸 적이 있었던가, 하는 생각이 오래오래 들곤 했다.

다음으로 정자 이름에 담긴 의미의 궁구는 또 얼마나 희열이던가. 서하당 김성원이라는 사람이 1560년(명종 15)에 담양부사를 지냈던 석천 임억령을 위해 지어 준 정자인 식영정에 담긴 내용 하나만을 말하겠다. 여기서 '식영(息影)'이라는 말은 '그림자가 쉰다'는 뜻인데, 『장자』「잡편」중 '어부'에 나오는 '외영오적자(畏影惡迹者)'라는 우화에서 끌어다 쓴 말이다. 자기 그림자를 두려워한 사람이 그림자를 떼어내려고 태양이 내리쬐는 땅을 목숨껏 달려도 떨어지지 않자, 숨이 경각에 닿았을 쯤에야 쓰러지듯 나무 그늘에 드니, 비로소 그림자가 사라졌다는 이야기에서 차용한 것이다.

이는 사람이 양지에 나가 출세를 할 때는 언제나 입신양명과 함께 죄업이 생기게 마련이고, 그 죄업은 양지에 지낼 때는 결코 떼어 낼 수 없는 바, 숲 그늘에 들어 자연 속에 은일해야만 겨우 죄업을 닦거나 죄업의 생성을 막을 수 있다는 의미이다. 새삼 싱그러운 이야기다.

이제 살아온 날보다 살아갈 날이 짧다. 그러다 보니 젊은 날 강가의 갈대숲처럼 무성하게 뻗쳐오르던 욕망이며 아직도 길의 행방을 좇는 질정 모르는 나날이 참 무색해진다. 더구나 옛 선비들의 정자에서 한여름을 나다 보니, 정자에 무시로 드나드는 바람처럼 걸림이 없고, 생전 가져 보지 못한 재물이나 권세에 대해서도 억울해 하지 말며, 이제 누가 알아주지 않을지라도 좀 더 삶의 자존을 지켜 내는, 그런 독락(獨樂)의 즐거움도 누리며 살고 싶을 뿐이다.

- 『문학사상』

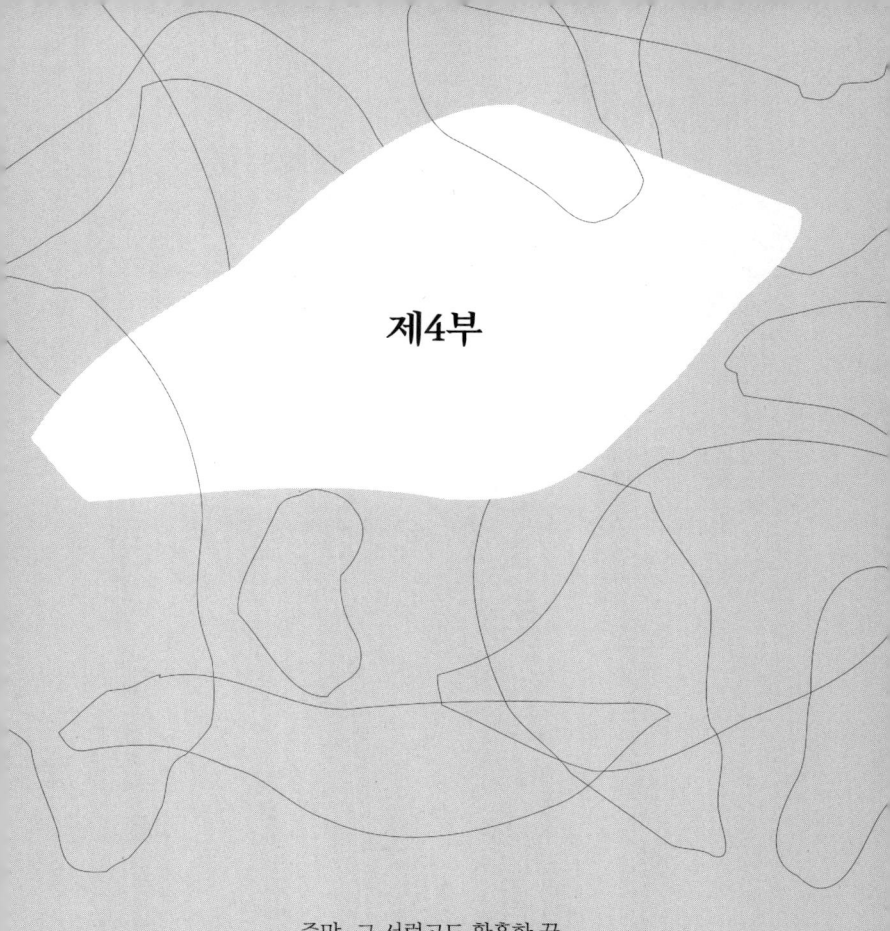

제4부

주막, 그 서럽고도 황홀한 꿈

호박잎에 싸오는 붕어곰은 언제나 맛있었다

부엌에는 빨갛게 질들은 팔(八)모알상이 그 상 우엔
새파란 싸리를 그린 눈알만 한 잔(盞)이 뵈였다

아들아이는 범이라고 장고기를 잘 잡는 앞니가 뻐
드러진 나와 동갑이었다

울파주 밖에는 장군들을 따러와서 엄지의 젖을 빠
는 망아지도 있었다

— 백석, 「주막(酒幕)」

백석의 「주막」이라는 시를 처음 대하게 된 것은 1985년
이었다. 나는 그 전 해 『실천문학』의 신작시집 『시여 무기
여』에 「동구밖집 열두 식구」 등 일곱 편의 시를 발표하면

서 처음 문단에 얼굴을 디민 참이었다.

그런데 나의 등단이라는 것이 참 우스운 일이었다. 군무를 마친 후 부산에서 일자리를 구하던 차, 난생처음으로 일주일 만에 시 스무 편을 써서 그 잡지에 보냈는데 그것이 신인당선작으로 채택되었던 것이다. 그러나 나는 당시 실존주의 소설에 빠진 그야말로 전통적인 소설 지망생이었기에, 나 이외에도 열네 명이나 함께 등단을 시킨 그 잡지를 시큰둥하게 생각하였다.

나중에 알고 본즉 당시 문단의 흐름이던 민중시의 확산을 위해 기층민중의 시를 광범하게 발굴하고자 한 잡지사 편집진의 전략에 내 시가 끼게 된 것이었는데, 지방에 외롭게 묻힌 독학도였던 나는 그런 문단의 흐름을 알 수가 없었다. 그래서 등단이라고 하기도 뭣한 시를 팽개치고 다시 소설로 나가겠다는 요량이었다.

그런데 신작시집이 나온 뒤 보름도 채 안 되어 『창작과 비평』에서 다섯 편의 시 청탁이 온 것이다. 그때는 사실 5공의 칼서리를 만나 그 잡지 자체가 폐간되고 해마다 시 앤솔러지를 묶었는데, 거기에 싣고자 한 청탁이었다.

어쨌거나 나는 그 청탁을 받고 무척 놀랄 수밖에 없었다. 왜냐하면 아무리 시골에 묻힌 깡무식이었어도

1960~1970년대부터 발행되어 단박에 한국 문단에 회오리바람을 일으킨 『창작과비평』과 『문학과지성』이란 문학계의 두 거봉의 존재 자체를 모를 리 없었기 때문이다. 그 리얼리즘과 모더니즘의 두 거봉은 상호비판과 상호보족적인 입장에서 『사상계』 이후 이 땅의 사상과 문학계를 선도하고 있다는 인식을 갖고 있던 터에, 그 청탁이 왔으니 내 기분이 어떠했겠는가.

그래서 비록 등단은 초라하지만 그 청탁으로 나는 나의 시적 가능성을 인정받은 것 같았다. 그리하여 이제부터 시에 한번 매진해 보자는 생각으로 문학개론, 시론, 시작법, 현대시사, 한국 대표시 선집 등을 사다가 부지런히 시를 연습해 보는데, 이런, 이건 갈수록 오리무중이었다. 두어 달의 우여곡절 끝에 청탁원고를 보내긴 했지만 그 앤솔러지에 내 시는 실리지 않고 원고료와 함께 당시 이시영 주간의 사신이 담겨져 왔다. 삶의 진정성으로 밀어붙인 등단작의 신선함에 못 미친, 표현의 진부함과 생경함 그리고 울분 어린 목청뿐이어서 다음 기회를 보자는 내용의 편지였다.

그런데 놀랍게도 나는 그 편지를 받고 실망하기는커녕 그러면 그렇지! 하며 무릎을 탁 쳤던 것이다. 그래, 창비가 어떤 덴데 시 공부 두어 달밖에 안 되는 내 시를 싣겠어? 하는 생각과 함께였다. 그로부터 나는 본격적으로 시 공부를 시작했다. 누우면 천장에 온통 시행이 그려질 정도로 한 달 혹은 두 달 만에 시 30여 편씩을 대학노트에 빼곡히 써서 무턱대고 이시영 선생께 보냈다. 물론 유치하기 짝이 없는 편지와 함께였다.

다행히 선생은 그 시를 다 훑어보고 그중 한두 편에 ○표 혹은 △표를 쳐주곤 "삶의 분한을 다 터뜨린다고 해서 문제가 하나라도 해결되는 게 있던가요. 때론 침묵이 필요합니다."라거나 "오월이니 뭐니 하는 이슈를 좇지 말고 삶의 직접적인 경험이나 가까운 이웃 이야기를 쓰세요." 그리고 또 "긴장과 절제는 시의 생명입니다."라는 등의 간단한 평문을 써서 보내 주었다. 그 간단한 평문에도 나는 하나를 가르쳐 주면 열 개를 알아채는 학동처럼 흥분하며 부지런히 배우고 익히는 데 열정을 다하였다.

그러던 차 선생은 어느 날 편지에 시 한 편을 직접 써서 보내 주었는데 예의 백석의 「주막」이란 시였다. 원고지에 가는 만년필로 섬세하게 적어 보내 준 그 시는 한마디로 그때의 내 눈을 환히 열리게 하는 시였다. 사실 나는 그때까지 우리 시문학사에 백석이란 시인이 존재한다는 사실조차 몰랐다. 그도 그럴 것이 당시 백석은 우리의 정치 담당자들의 판무식 탓에 월북시인으로 규정되어 시 문학사에서 완전히 지워진 존재였기 때문이었다. 원래 평안도 정주 출생이었기에 6·25 공간에서 그냥 이북에 남아 버린 시인이 어찌 월북시인이던가.

그 후 1987년에 이동순 시인이 편집한 창비판 『백석시전집』을 통해 백석의 전모를 보고 나는 참으로 서럽고도 황홀했다. "상실해 가는 고향의식의 회복, 이를 통한 식민제국주의문화의 극복, 전통 문화에 대한 따뜻한 긍정, 시인 특유의 방언주의와 북방 정서"(이동순) 등은 한마디로 민속적 상상력을 통해 건져 올린 민중적 공동체의 세계에 대한 눈부시도록 서럽고도 황홀한 언어의 축제였다.

그중 하나인 「주막」도 지배적 인상만을 불과 4행으로 처리한 시적 절제와 긴장감, 그러면서도 그 안에 무수한 민중 서사를 내포하고 있는 유려함, '새파란 싸리를 그린 눈알만 한 잔'마저 보아 내는 시적 관찰의 섬세함, 팔모알상(팔각형의 개다리소반)과 울파주(대, 수수깡, 갈대 등으로 엮은 울타리)와 엄지(짐승의 어미) 등의 맛깔스런 방언 구사 등으로 질박하고 정감 있는 우리의 구체적 일상과 민족혼을 담아내어, 궁극적으로는 근대의 중앙집권화와 물신화에 대항하는 한편 식민 제국주의자들의 규격화, 규범화의 강압에 저항하고 있는 것이다.

특히 그의 대부분의 시에는 우리 주위에서 흔히 만날 수 있는 가지각색의 민초들, 박각시·자벌기·당나귀 등 갖가지 곤충과 동물들, 돌나물·제비꼬리·마타리·임금나무 등 형형색색의 풀꽃과 나무들, 거기에 막써레기·송구떡·개산이알 등 각종 음식물과 또한 무속의식, 구비설화, 아동 유희, 속담, 노동과 관련된 서사 등이 한데 어우러져 생명과 민중 공동체를 만화방창 이루어 내고 있으니, 그야말로 우리 시사에 있어 전무후무의 장관이던 것이다.

나는 그로부터 순식간에 백석에 빠져들었다. 더구나 나중에 시인의 자야 여사와의 애절하고 순정한 사랑 이야기마저 전해 듣고는 긴가민가했던 나의 시인 지망을 공고히 한 후 오늘까지 시단 말석의 행보나마 부끄럽지 않게 여겨 오는 것이다.

그런 백석의 시를 처음으로 내게 적어 보내 준 선생의 생각은 무엇이었을까. 무릇 불학무식에 비재마저 겹친 내겐 스승도 있을 수 없었으나, 나는 그로부터 선생을 마음속에 스승으로 모시고 이 시업의 '쓸쓸하고 높고 외로운' 지경을 묵묵히 견뎌 오고 있다. 이 어찌 고맙고 즐거운 일 아니던가.

아! "아까시들이 언제 흰 두레방석을 깔았나/어데서 물 쿤 개비린내가 온다"(백석, 「비」). 주막에 탁배기 한 잔 하러 가야겠다.

−『문학사상』

세상에서 가장 아름다운 상처

흔들리는 나뭇가지에 꽃 한번 피우려고
눈은 얼마나 많은 도전을 멈추지 않았으랴

싸그락 싸그락 두드려보았겠지
난분분 난분분 춤추었겠지
미끄러지고 미끄러지길 수백 번,

바람 한 자락 불면 휙 날아갈 사랑을 위하여
햇솜 같은 마음을 다 퍼부어 준 다음에야
마침내 피워낸 저 황홀 보아라

봄이면 가지는 그 한 번 덴 자리에

세상에 가장 아름다운 상처를 터뜨린다

- 「첫사랑」

중학교 2학년 때 〈광주일보〉에서 실시하는 호남예술제에 출전하여 산문 분야 최우수상을 받은 적이 있다. 주최 신문에 얼굴 사진과 글이 실리고 상금까지 받았다. 학교는 학교대로 막 신설된 학교의 명예를 빛냈다 해서 따로 장학금까지 마련해 주었으니 무척 고무된 일이었다.

한데 그보다 더 기쁜 일이 하나 있다. 그 사실을 같은 반 친구가 자기 누나에게 자랑했는지 누나가 나를 초대한 것이다. 축하한다며 놀러오라는 부탁을 전한 친구를 따라 그 누나 집에 간 것은 참으로 긴 고민 끝에 내린 결정이었다. 친구 누나야 이미 읍내 여고를 다니고 있고 문학을 좋아해서 나를 부른 것이었으나, 나는 그때야말로 조선 땅의 부끄럼은 혼자 다 챙겨서 타는 아이였으니 어떻게 그런 용기를 냈는지 지금도 잘 모르겠다.

바로 이웃 마을에 있는 그 친구네 집 그리고 그 누나의 방으로 후들거리는 발을 떼고 들어갔을 때 나의 운명은 이미 결정 나고 말았다. '새하얀 칼라'의 남청색 교복에다 머리를 양 갈래로 따 내린 누나의 얼굴은 그야말로 막 피어난 백합이었다. 활짝 웃음으로 맞는 그 단 한 번의 마주침으로 나는 그만 온 얼굴이 뜨거워져 방바닥으로 고개를 떨구었는데, 오호라 거기엔 또 제과점 빵을 수북이 담은 쟁반과 사이다병까지 놓여 있는 게 아닌가. 사실 당시엔 집에서 해 먹는 '개떡' 외에 제과점 빵을 사 먹는 것은 상상하기도 힘든 일이었고, 또 '칠성사이다' 한 병이면 열 명의 친구가 함께 나눠 먹는 시절이라 그것들을 보고 무척 군침이 돌기도 했을 것이다.

하지만 나는 그때 그것들을 어떻게 먹었는지 잘 기억이 나지 않는다. 다만 누나가 내 이름을 부르며 "아빠가 보는 신문을 보았는데 사진도 실리고 했더그만. 축하해! 장래 꿈이 소설가라니 참 좋겠네."라고 말하던 것은 너무도 또렷이 기억한다. 그때 그 한마디에 나는 장래 꿈을 소설가로 바꿔 버렸기 때문이다. 무슨 얘기냐 하면 가난과 노동 말고는 아무것도 내세울 것이 없는 아버지가 늘 다짐을 주는 대로 나는 그때까지의 꿈이 '돈 잘 버는 은행가'였는데, 백합 같은 누나의 말 한마디에 꿈을 바꾼 뒤 오늘날까지 이 고되고 상처 많은 문학에 종사하고 있으니 어찌그 말을 잊을 수 있겠는가.

그 만남 이후 나는 누나의 말이면 무엇이든 들을 태세

였던 바, 마침 교회를 나오라고 해서 교회에 나갔다. 당시 시골에서 교회를 다닌다는 것은 부모의 핍박과 예배당을 '연애당'으로 인식하는 사람들의 온갖 눈총을 고스란히 감내해야만 가능한 일이었다. 하지만 천사와 같은 누나의 말 한마디에 이미 나는 황홀한 포로가 되어 있었으니, 때론 교회 주변에 포진해 있던 골목 건달들의 으름장에도 끄떡없이 교회에 빠지지 않았다. 그러면 누나는 자기네 학교 도서관에서 빌려 온 세계명작 소설을 한 권씩 편지와 함께 전해 주었고, 나 역시 그걸 일주일 내에 다 읽은 뒤 독후감 겸 어느새 싹튼 누나에 대한 '간절해지고 애절해지는 마음'을 은유한 편지를 갈피로 끼워 돌려주었다. 그때 내가 다닌 중학교는 우리가 첫 입학생인 신설학교라 도서관이 불비해서 누나가 전해 준『죄와 벌』,『적과 흑』,『주홍글씨』,『분노의 포도』니 하는 책들이 있을 리 없었다.

나는 그 명작소설 등을 통해 여러 고난과 역경 속에서도 자신의 꿈과 사랑을 꿋꿋하게 펼치다가 죽어 가거나 성공을 거두는 불굴의 주인공들을 보았다. 나 역시 당시 참담한 가족사 때문에 괴로워하는 존재여서 어느새 그 주인공들과 나를 동일시하며 꿈을 키워 나갔던 것이니, 그런 관심과 배려를 보여 준 누나에게 어찌 연모를 느끼지 않을 수 있으랴.

나는 누나와 함께 교회를 다녀오는 수요일이나 일요일 밤들이 너무나 좋았다. 특히나 4월 말이나 5월 초가 되면 누나와 함께 교회를 다녀오는 2~3km의 강둑길에 아까시 꽃이 만발해서 한마디로 그 길은 천국 길이었다. 꽃의 싱그러운 향기와 새하얀 빛깔에 달빛이라도 더해지면 나는 몹시 힘들어지는 숨결이 혹시 누나에게 전해질까 봐 자꾸만 고개를 외로 돌렸다.

누나 역시 그때 나에 대한 그 어떤 마음을 편지 행간 행간에 숨겨 놓은 것을 나는 안다. 사실 나는 그 동생을 통해 누나가 나와 동갑이자 생일은 오히려 나보다 늦다는 것을 이미 알고 있었다. 그 누나는 여덟 살에 학교에 갔고, 나는 몸이 약해 아홉 살에 입학한 뒤 또 중학교는 돈이 없어 1년 꿇고 갔으니 나보다 학교만 2년 앞섰던 것이다. 어쨌든 누나가 여고 3년, 내가 농고 1년을 거의 마칠 때까지 계속된 서로 손 한번 잡아 보지 못한 만남은 참으로 안타깝기도 했으나 순수하고 순결하기만 했다.

그 누나가 당시 시골의 형편대로 예비고사 보는 날 시험을 치르지 못하고 취직을 해서 서울로 떠나가고, 나는 바로 그날 농고를 자퇴해 버리는 상처를 안았다. 그 후 우리는 1년여의 계속된 편지 외에 한 번이라도 다시 만난 적은 없으나, 나는 세상에서 가장 아름다웠던 그 상처로 오늘까지 시를 쓴다. 바람과 햇빛에 오월 잎새가 반짝이고 일렁이는 것처럼, 그 순결과 순정으로 오늘을 설레고 또 내일을 그리워하곤 하는 것이다.

- 『시안』

길은 어디서나 열리고
사람은 또 스스로 길이다

해거름, 들길에 선다. 기엄기엄 산그림자 내려오고 길섶의 망초꽃들 몰래 흔들린다. 눈물방울 같은 점점들, 이제는 벼 끝으로 올라가 수정방울로 맺힌다. 세상에 허투른 것은 하나 없다. 모두 새 몸으로 태어나니, 오늘도 쏙독새는 저녁들을 흔들고 그 울음으로 벼들은 쭉쭉쭉쭉 자란다. 이때쯤 또랑물에 삽을 씻는 노인, 그 한 생애의 백발은 나의 꿈. 그가 문득 서천으로 고개를 든다. 거기 붉새가 북새질을 치니 내일도 쨍쨍하겠다. 쨍쨍할수록 더욱 치열한 벼들. 이윽고는 또랑물 소리 크게 들려 더욱더 푸르러진다. 이쯤에서 대숲 둘러친 마을 쪽을 안 돌아볼 수 없다. 아직도 몇몇 집에서 오르는 연기. 저 질긴 전통이, 저 오롯한 기도가 거기 밤꽃보다 환하다. 그래도 밤꽃 사태 난 밤꽃 향기. 그 싱그러움에 이르러선 문득 들이 넓어진다. 그 넓어 짐으로 난 아득히 안 보이는 지평선을 듣는다. 뿌듯하 다. 이 뿌듯함은 또 어쩌려고 웬 쑥국새 울음까지 불러 내니 아직도 참 모르겠다. 앞강물조차 시리게 우는 서 러움이다. 하지만 이제 하루 여미며 저 노인과 나누고 싶은 탁배기 한 잔. 그거야말로 금방 뜬 개밥바라기별 보다도 고즈넉하겠다. 길은 어디서나 열리고 사람은 또 스스로 길이다. 서늘고 뜨겁고 교교하다. 난 아직도 들 에서 마을로 내려서는 게 좋으나, 그 어떤 길엔들 노래 없으랴. 그 노래가 세상을 푸르게 밝히리.

- 「들길에서 마을로」

요사이 들길은 장관이리라. 이제 어린모가 뿌리를 잡 고 땅 맛을 알아 가는 시절이니 그 씩씩하게 사운거리는 벼들로 들은 무척이나 넘쳐나겠다. 아침저녁으로 '쭉쭉쭉 쭉' 소를 모는 쏙독새는 들을 흔들어 그 벼들을 무장무장 자라게 하고, 사방 천지에서 풍겨오는 밤꽃 향기는 어질 머리를 일으키리라.

나는 건강 문제가 생기기 전까지만 해도 그런 절기에

가장 예민한 농사꾼이었다. "풍증 있는 사람이 비 오면 미리 알듯이 그들은 일자무식이라도 생리로 절기를 안다. 물소리만 듣고도 해빙머리의 물소리인지 여름철의 물소리인지를 용하게 구별하고, 풀 한 포기 나무 한 가지를 만져만 보고도 청명절이니, 곡우절을 알아맞힐 줄 안다. 갖은 짐승의 털만 보고도 못자리를 할 때인지, 갈보리를 심을 때인지를 짐작하고, 또 그것은 정확도 하다."고 일찍이 이무영은 그의 작품 『농민』에서 갈파했던 바, 나는 그런 농사꾼이었다.

내가 농사에 뛰어든 것은 나의 오만 때문이었다. 농사에 나서기 전 나는 서울과 부산에서 사오 년간 여러 일을 했다. 그런데 곳곳에서 사용자의 인간 이하의 대접에 대해 고개를 꼿꼿이 세우는 태도로 일관한 나는 그들과 끝내 함께할 수 없었다. 또 나는 독학하던 당시 많은 독서로 형이상학의 미로를 헤매고 있었는데, 그토록 도도한 존재의 본질에 대한 탐구는 항상 죽음의 한계 상황에 처하는 인간의 허무한 모습이나 혹은 신을 만나지 못해 허덕이는 처지의 관념으로 귀착되곤 하였다. 결국 현실적으로는 독립적 인간이 되고, 형이상학적으로는 관념의 실제적 점검을 해볼 수 있는 일이 뭘까 하는 고민이 귀향과 함께 농사를 선택하게 하였다. 물론 부모들의 격렬한 반대를 무릅쓴 것이었다.

그런데 그 농사는 해마다 나에게 몇 백만 원씩의 빚더미만 안겨 주었다. 한마디로 호구에 풀칠도 안 되는 셈이었다. 나는 처음엔 그에 대한 분노 때문에 농사를 그만둘 수가 없었다. 누천년 농경민족으로 살아오고, 특히나 조국 근대화와 산업입국 정책을 위한 저농산물가와 저임금 노동력의 수탈 등으로 헤아릴 수 없는 희생을 감내하며 살아온 농민들의 처지가 너무도 참담하였다. 그래서 그들과 함께 농민운동에 격렬하게 나서기까지 했다. 그러나 "어쩌면 그들이 영위하는 소업이 아무리 단조롭고 힘드는 일이기는 하지마는, 그들이 애써 힘들이는 가운데는, 무수한 곡식이 심으면 자라고 영그는 그 생명의 생장에 대한 말할 수 없는 기쁨이 있어, 그것이 그들을 이 생활에 집착케 하는 가장 큰 이유인지도 모른다."고 한 유치환의 짐작대로 생명의 씨를 뿌리고 가꾸고 거두는 오진 기쁨이 날 농사에서 손을 떼지 못하게 하였다.

농사는 나에게 천지신명과 자연 외에는 어느 누구에게 고개 숙이지 않아도 되는 삶을 허락하였고, 엘리아데의 말대로 씨앗이 땅속에서 변화하는 모습을 통해 사람도 죽은 뒤 지상에서와는 다른 형태로 재생할 수 있다는 낙관적 믿음을 가져다주었으며, 또 오로지 심는 대로 거두는 것밖에 모르는 사람들의 사회 경제적 소외에 대한 의분을 갖게 했고, 이어령이 『떠도는 자의 우편번호』에서 말한 대로 한 톨의 곡식에 우주가 잠들어 있는 그 농사는 마치 신이 우주를 창조한 것과 닮은 데가 있어 나날의 삶에 자긍심까지 갖게 해 주었다.

그래서 내가 궁극적으로 꾸는 평생의 꿈은 해종일 일을 하고 저물녘 정정해지는 들을 돌아보며 귀가하는 백발이 성성한 농부였다. 해 지며 서천에 밀감빛 노을이 북새질을 치고, 그것이 사라지면 금방 푸른 이내가 산으로부터 기엄기엄 기어 나와 들을 덮고, 그러면 그때 또 들찔레와 개망초 혹은 치자와 밤꽃 향기가 풍겨 나와 단내 나는 숨결을 씻는 저녁 들. 사람들이 흘린 땀과 눈물방울은 모두 벼 끝으로 올라가 수정방울이 되거나 하늘로 올라가 정금 같은 별이 되고, 그러면 벌써 또랑물 소리는 크게 앞 강물은 시리게 울고, 그러면 또 '꾸욱꾹 데데 꾸욱꾹' 하고 우는 멧비둘기나 동박새 울음으로 저녁 등불이 하나 둘 밝혀지는 마을. 그때쯤 거기 마을 쪽에선 밥 짓는 연기가 그 오랜 전통으로 그 오랜 기도로, 고구려고구려 피어올라

하늘과 내통을 하고, 그러면 나는 나도 몰래 멀리 보이지 않는 지평선을 향해 맑아진 귀청을 열며 세상의 평화와 사랑에 대하여 생각해 보고, 이윽고 마을 주막에 들러 이웃들과 고즈넉이 탁배기 한 잔을 나누는 그런 고향의, 백발이 성성한 농부이고 싶었다.

실제로 나는 십수 년의 농사일 동안 그런 백발노인들과 잘도 어울렸다. 얼굴에 깊이 팬 주름살이 그들이 평생 일구었던 밭고랑을 닮은 노인들은 현실적으로는 탁배기 한 되 값을 아까워하는 사람들이었다. 아니 그 허리가 평생 엎드렸던 논두렁으로 휘고, 그 무릎은 자갈밭에 삽날 부딪는 소리를 내고, 그 눈빛은 한 번 빠지면 도리 없던 수렁논 빛을 띠고, 그 다리는 한사코 채우지 못하는 허기로 휘청거리고, 그 기침은 마르고 마른 논의 먼지같이 밭고, 그 어깨는 눈비 오고 바람 치는 날을 닮아 버리고, 그 온 삭신은 이곳저곳에 널부러진 폐가로 욱신거리는 노인들은 술값 천 원이 모자라 주막에서 곧잘 다투곤 하였다. 나는 그들과 늘 파안대소로 어울렸다.

　　마을 주막에 나가서
　　단돈 오천 원 내놓으니

소주 세 병에

두부찌개 한 냄비

쭈그렁 노인들 다섯이

그것 나눠 자시고

모두들 볼그족족한 얼굴로

허허허

허허허

큰 대접 받았네그려!

– 「파안」

  그랬다. 그들은 너무도 순순했다. 창호문을 두드리는
일단의 새소리에 벌떡 깨어나 이슬 젖은 논길을 헌걸차게
내딛던 그들, 삼복염천의 한낮에 알 밴 팔뚝을 검게 구우
며 곡식 포기포기를 끝없이 쓰다듬던 그들. 그들의 발자
국 소리만 들어도 벼들이 한 뼘씩이나 자라고, 그들의 손
길 한 번에 온갖 숨탄것들이 일파만파로 사운거렸다. 산
능선 선명해지는 해거름녘, 문득 그들이 허리를 펴면 모
든 들과 산과 나무와 풀도 함께 우수수 몸을 털며 새삼 새

로워졌다. 그리하여 푸르디푸른 잎새들 끝에 맑은 수정방울을 달고 무한 궁륭에 빛을 쏘아 별들을 깨우게 하는 그들은, 소주 몇 잔도 큰 대접으로 여기며 너무도 순순한 파안대소를 했다.

날로 악화되는 건강과 함께 일하지 못하는 자괴감 때문에, 그들을 떠나올 때 나는 목이 메었다. 그들도 예의 눈시울을 손등으로 비볐다. 하지만 그들이 나의 영혼 속에 끝까지 존재하는 한 길은 어디서나 열리고 그 길은 서늘하고 뜨겁고 교교하리라는 생각은 오늘도 여일하다. 자연과의 끝없는 조화를 꾀하며, 뜨거운 노동으로 생명을 길러내고, 결국엔 하늘에 감사를 올리는 그들. 그들처럼 세상에는 어느 곳에서나 자기 길을 꿋꿋하게 가는 사람들이 있어 세상을 푸른 노래로 바꾸리라는 나의 믿음은 오늘도 한결같은 것이다.

— 『문학사상』

나는 울부짖음의 전문가가 되겠다

바이런은 "그대 우는 것을 보았다, 크고 빛나는 눈물, 그대의 푸른 눈에 솟는 것을" 보았다고 한다. 이별 때문에 우는 것인가, 슬픔 때문에 우는 것인가. 도대체 어찌해 볼 수 없는 절망 때문에 우는 것인가. 그렇게 그대가 우는 것을 바라보는 나는 또 얼마나 가슴 아프고, 가슴 아린가.

알프레드 뒤 뮈세는 아예 "이 세상에서 나에게 남은 유일한 진실은 내가 이따금 울었다는 것뿐이다."고 말한다. 이 세상에 상처 없는 영혼이 어디에 있으랴고 하지만 얼마나 큰 고통과 고독의 영혼이었으면 그렇게 말할 수 있는가.

보들레르는 선원들에게 붙들려 온갖 수난을 겪는 날개 꺾인 알바트로스에다 대중들에게 박해받고 신음하는 시인 자신을 의탁한다. 새 중의 새요 창공의 왕자였던 새가 천박한 뱃사람들 사이에 유배당한 신세가 되니 거대한 날 개는 되레 거추장스럽기만 한 것처럼, 시인이라는 날개도 그러하다.

극단적 과학기술과 자본문명의 추구로 인해 신마저도 "푸줏간에 걸린 커다란 살점"(김춘수)이 되어 있고, 돈만 넣으면 "신의 오렌지 주스"를 주는 "십자가를 세운 자동판 매기"(최승호)가 되어 있는 현실 속에서 오늘, 문학을 사랑 하는 뛰는 가슴들은 이 울음, 이 슬픔을 감당할 수 있는가.

살아가는 일에 대한 절망 없이는 살아가는 데 대한 사 랑 또한 없다지만 문화예술마저도 그 작품이 판매된 숫자 로 등급이 매겨지거나, 욕망과 섹스와 폭력 등 말초적 감 각만이 난무하여도 문화산업적 시각 속에서는 큰 대접을 받는 속류 상품의 시대에, 마지막 시인의 자존심이나 인 간에 대한 예의마저 사라져 버린 현실이라면 이 울음, 이 슬픔을 감당할 수 있는가.

나이 들어가는 탓이겠지만, 사막은 멀리 밖에 있는데 도 사막은 또한 언제나 내 안에서 그 면적이 확대되고 있 는 것을 느끼곤 한다. 내 안의 사막에는 어느덧 울음과 슬 픔의 액체질 같은 것은 바싹 말라 버리고 황폐화에 대한 두려움의 모래와 먼지 알갱이들만 날로 불어나고 있다. "사막은 소멸을 미리 조금 맛볼 수 있는 곳이다. 아무것도 없는 무(無)라는 고향으로 넘어가는 단계이다."

더는 어쩔 수 없는 울음을 넘어, 슬픔을 넘어, 이런 황폐와 소멸까지도 감당하며 "나를 찾거나 필요로 하거나 바라보는 사람이 아무도 없고 나를 볼 수 있는 거울도 없는 곳이라면 나 자신마저 없어도 더 이상 아쉬울 게 없다."고 라인홀트 메스너처럼 말할 수 있게 된다면, 삶에 대한 경건한 수절인 고독을 펜 삼아 그대는 여전히 당당하게 문학을 할 수 있을 것인가.

나이 육십이 넘어서 새삼스레 요즘 화두가 "누가 나를 인간에 포함시켰는가?"이다. 한데 여기서 '새삼스레'라는 단어는 '아직도'로 바꿔야 한다. 그러니까 내 나이 열아홉 무렵에 어느 시인의 시에서 접한 이 구절은 단 일점일획의 기세도 누그러뜨리지 않고 아직도 그 맹렬한 부리로 마치 코카소스산 바위에 묶인 프로메테우스의 간을 쪼아대는 독수리처럼 날 쪼아댄다. 그럼에도 프로메테우스는 괴로움 속에서 단 한 점 후회하지 않고 참으며 이렇게 외쳤다고 한다. "오, 인간들이여, 너희를 대신해서 나는 이 괴로움을 견디고 있다. 나는 결코 후회하지 않는다. 후회하지 않는다. 나는 만족하고 있다."

　한데 여기서 프로메테우스는 인간에게 불을 훔쳐다 준죄, 아니 의로운 일로 고통을 겪으니 그나마 의연히 견딜수 있는 것 아닌가. 하지만 나는 뭔가. 나는 "아무것도 하지 않고, 아무것도 할 수 없고, 아무것도 하고 싶지 않은", 이 콜타르처럼 엉겨 오는 무력감에서 오는 괴로움의 늪 속을 미물 짐승과 진배없이 허덕인다. 아니 긁어 대는 상처를 자꾸만 긁어 대어 그 상처에서 끊임없이 피를 내는 사람처럼 허덕인다.

　이 찬연한 21세기에도 인간들은, 자기들이 숭배해 마지 않는 경전(經典)을 앞세우고 자기들의 경전의 뜻과는 정반대로 상대방을 일방적이고 무차별하게 폭격해 버리는 그 폭격 속에서 익명의 떼거리로 몰려 죽는다. 또 인간들은, 이에 보복을 선언한 자들이 역시 자기들이 숭배해 마지않는 경전을 앞세우고 자기들의 경전의 뜻과는 정반대로 살려 달라고 애원하는 인간을 무자비하게 참수해 버리는 그 야만 속에 홀로들 서 있다.

　이 찬연한 21세기의 백주대낮에 광장의 '촛불'로 탄생한 정부가 처음 내세운 슬로건은 "기회는 평등하고, 과정은 공정하고, 결과는 정의로워야 한다."였다. 하지만 기회는 자기 진영 사람들에게만 주어지고, 공정은 남의 진영 사람들을 '적폐'로 내몰아 내쫓는 것이고, 정의는 진영을 수호하고 숭배하는 사람들이 휘두르는 칼로 세운 한쪽 눈만의 법이었다.

이런 문명이 저지르는, 이제 어찌해 볼 도리가 없는 야만 속에서 나는 무엇인가. 일찍이 열아홉 살 때 불우한 가족사와 실존주의에 대한 경사 때문에 내걸었던 "누가 나를 인간에 포함시켰는가?"라는 화두가, 이제 다시 슬픈 세상사로 깨친 인간과 세계의 근원적 부조리와 함께 새롭게 눈앞에 내걸릴 줄은 몰랐다. 하지만 프레데릭 파작의 말처럼 '거대한 고독'의 존재인 인간은 "우리 모두 태어나기 전에는 죽어 있었다."

물론 그동안 내가 그런 화두를 깨치거나 뛰어넘기 위해 아무런 노력을 하지 않은 것은 아니다. 나는 반거충이로나마 꽤 오랫동안 농사를 지었다. 별로 말이 필요치 않는 농사에서 오는 기쁨과 평안, 그러나 농사를 지으면 지을수록 말이 더욱 많아질 수밖에 없는 현실에서 오는 절망과 분노! 아마 그 때문에 농사 속에서도 시가 계속 터져 나왔겠지만, 그러나 어느 때부턴가 내가 그토록 올며불며 꿈꾸었던 농민세상은 깡그리 무너져 내렸다. 지금 농촌에 남은 것은 노인네와 빚더미와 유령촌이라는 그 잔해와 자본에 철저히 예속된 몇몇 상업농뿐. 내가 하등에 그들과 함께할 이유가 없어져 버렸다.

그런데 바로 그 농사를 지으면서 깨달은 게 하나 있었다. 이웃 친구가 딸기 농사를 하며 시장에 내다 팔 것은 빛깔 좋고 탐스럽게 보이려고 농약과 금비를 마구 퍼붓고, 자기 '새끼' 먹일 한 두렁은 농약도 치지 않고 퇴비로만 가꾸는 걸 보고 정말 이래선 안 되겠다 하는 생각이었다. 그것이 점차 생태적 사유로 발전하여 요새 말하는 소위 '생태시'라는 걸 줄기차게 썼는데, 나는 여기에서 선두주자였고, 또한 내 몸의 생명력과 합일하는 시의 추구였다.

하지만 흙에 손 한 번 묻혀 보지 않은, 그러니까 시골의 변소에서 올라오는 구더기를 한 번만 보아도 기함을 할 사람들이 사람의 배설물을 먹인다는 제주도 똥돼지의 생태 사슬을 지구의 대안인 양 찬양해 대고, 오대산 월정사까지 배기가스 풍풍 풍기며 세단 몰고 달려가선 거기 길섶에 핀 얼레지꽃 한 송이를 보고 와서 여기에 무슨 우주가 들어 있느니 어쩌니 하며 '발상전환'한 시를 쓰는, 그런 생태시인들이 시단의 대부분을 장악해 버린 현실 속에서 나는 더 이상 그 속의 '한 물에 썬 물고기'가 되고 싶지 않았다.

그러므로 내가 아직도 "누가 나를 인간에 포함시켰는가?"라는 화두로 몸부림하는 건 한편으로는 세상에 실망한 자기 자신으로 돌아와 자기를 들여다보느라 몸부림하는 행위일지도 모른다. 시인이란 궁극적으로 삶과 세상과 우주의 비밀을 혼자 읽고 깨치는 '독학자'이거나, 자본의 태양세례에서 자기를 견디고자 '지하생활자'가 되어 가거나, 누구도 받아 주지 않아서 혹은 자발적인 선택으로 영원한 '아웃사이더'가 되거나 하는 존재이기 때문이다.

인도신화에 보면 '영광의 얼굴'이란 이름의 키리티무카라는 신이 있다. 이는 우리가 알고 있는 아귀(餓鬼)인데, 어느 날 이 피골상접과 봉두난발을 일삼는 아귀는, 곁에 있는 덩치 큰 괴물 하나를 잡아서 그 허기를 채우려고 한다. 때마침 시바신이 그곳을 지나는 통에 괴물은 구함을 얻고, 배가 고파죽겠다고 아우성인 아귀는 "그렇게 허기지거든 너 자신을 먹어라."라는 명령을 듣는다.

결국 아귀는 자기 발부터 차례로 먹어 치우고 얼굴만 덩그렇게 남기는데, 시바신은 이를 보고 "인간의 모습이 어떠한가를 너처럼 극명하게 보여 준 자는 세상에 누구도 없다. 너는 곧 영광의 얼굴이니, 너를 경배하지 않는 자는 누구도 내게 올 자격이 없다."는 자비를 입는다. 이 아귀신처럼 오늘의 시인들도 자기의 고독과 절망과 열정과 연애를 먹고 살 수밖에 없는 것이다.

아까 예로 든 에밀 시오랑은 "만일 도락의 삶을 포기해야 한다면 나는 울부짖음의 전문가가 되겠다."라고 했다. 나는 여기서 '만일'이란 말을 '어차피'로 바꾼다. 어차피 "세상에 웃을 일이란 없다. 모든 웃음은 오해에서 생긴다."(토머스 하디)는 세계의 부조리와 삶의 비극주의를 용인해야 한다면 '울부짖음'도 삶의 한 방식은 될 테니까.

이런 울부짖음을 직업으로 삼자 나는 또 어둠이고 황혼이고 적멸이고 죽음이고 텅빔이고 적막이고 함몰이고 빠져나감이고 울음이고 그림자이며 블랙홀인 존재와 시간들의 아우성을 곧잘 듣게 된다.

깬 소주병을 긋고 싶은 밤들이었다 겁도 없이
돋는 별들의 벌판을 그는 혼자 걸었다 밤이 지나면
더 이상 살아 있을 것 같지 않은 날들이었다
풀잎 끝마다 맺히는 새벽이슬은 불면이 짜낸 진액

같았다 해도 해도 또다시 안달하는 성기능항진증
환자처럼 대책 없는 생의 과잉은 끝이 없었다
견딜 수 없었다 고개를 숙일 수 없었다 어쩌다 만난
수수모감처럼 그에겐 고개 숙이고 싶은 푸른 하늘이
없었다 아무도 몰래 끌려가서 아무도 몰래
들짐승들이 유린한 꽃의 비명을 들을 수도 없었다.
죄의 눈물이 굳어서 벌판의 돌이 되고 그 돌들이
그를 처음 보고 놀라서 산맥이 될지라도
오직 해석만이 있고 원문은 알 수 없는 생을 읽고자
운명을 유기해도 좋았다 운명에겐 모욕이었겠지만
미물 짐승에게라도 밥그릇을 주었다가 빼앗지는
말아야
했다 빼앗은 그릇을 모래 속에 처박는 세상이거나
애인을 만나러 갔다가 때마침 도둑을 맞은
애인 집에서 되레 도둑으로 몰린 사랑의 경우처럼
도대체 아니 되는 그 고통의 독재를 안고 넘으며
그에겐 인간만 남았다 자신의 불행을 춤으로 추었던
조르바처럼 한 번이라도 춤을 추지 않는 날은
잃어버린 날이라도 되는 것 같아 춤을 멈추지 않는
사람처럼, 벌판의 황량경이 삭풍에 쓸리는 나날을

불러

그는 고독의 신전에 향촉을 피웠다 그처럼

무장무장 단순한 인간만 남아 보리수 아래서 울었다

졸시 「독학자」인데, 세상 속에서의 삶의 불우가 아니었다면 오직 해석만이 있고 원문은 알 수 없는 생을 읽고자 이토록 애를 쓰지는 않았을 것이다. 사람은 누구나 세계를 혼자 읽지만, 나는 더더욱, 독학자이기에, 문우나 스승도 없다. 나와 타인들에 대한 의문부호로 가득한 시편들 속에서도 『타인만이 우리를 구원한다』는 아담 자가예프스키의 시집을 본 적이 있다. 하지만 이런 인기 있는 말을 많이 하는 시인들도 마치 연예인들처럼 순식간에 문단의 주류로 떠오르며 대중의 사랑을 받다가, 그 관계망 속에서 순식간에 세속적 욕망에 휩쓸려 버리는 경우를 너무도 많이 보아 왔다.

미켈란젤로는 평생 자기 자신과 경쟁했다고 한다. 오로지 자기 자신을 파라곤(paragon)으로 삼고, "나는 미래의 나 자신과 경쟁한다."며 오만했던 그는, 사실 당대에 다른 누구와 경쟁할 만한 사람이 없을 정도의 천재였다.

그런 오만함과 당당함이 아니라, 내게 있어선 가난이

파생시킨 불우가 자본과 권력과 상품과 세속적 욕망의 물결에 편입되는 것을 애초에 막았기에, 그것들이 운명의 굴레라기보다는 되레 나의 독창성과 순정성을 지켜 내는 성곽이 되어 주기도 한다는 것을 안다. 그러니 나 또한 나 자신하고나 경쟁할 수밖에 없는 운명을 용납하지 않고 어찌 하겠는가.

언젠가는 기쁨과 탄식, 황홀과 비참, 몰입과 반성이 공존하는 존재들의 소리, 빛살, 색색들과 함께 끊임없이 연쇄 파동을 일으키는 시간의 자유자재가 화엄적으로 펼쳐지는 속에서 삶은 눈부심이고 번쩍임이고 서늘함이고 회오리침이고 자라오름이고 풀어놓음이고 날아오름이고 튀어 오름이고 일렁임들이 만화방창하는 시를 꿀 수도 있겠다.

　　　　　　　　　　　　　　　　　－「월간 에세이」, 「현대시학」

내 문학의 열쇠어

시인이 쓰기엔 조금은 난감하기도 한 에세이 청탁을 받았다. 내 시의 열쇠어를 써 달라니? 열쇠어를 국어사전에서 찾아보니 없다. 궁리 끝에 열쇠어를 영어로 바꾸니 keyword가 된다. 이는 '문장이나 암호문의 뜻을 풀이할 때 열쇠가 되는 중요한 낱말'쯤으로 해석이 되어 있다. 그래, 그렇구나! 오늘날 시들이 무슨 암호문 같다더니 이를 해석해 내려면 역시 열쇠어가 있어야 하는가 보구나, 하는 생각이 든다. 무슨 라캉류의 정신분석학을 요리해 먹는 무의식의 과도한 드러냄들, 데리다를 아전인수 격으로 베껴먹는 자기해체의 미망들, 보르헤스 등의 마술적 리얼리즘에 포로가 되어 마치 거미줄에 걸린 나방처럼 파닥거리다 마는 파편의 은유들, 그리고는 바따이유의 거웃 한 올도 건드리지 못하면서 섹스와 죽음의 기능항진증에 걸려 있는 시들을 보면 그 소통불가능성과 난해성 때문에 정말 난감할 때가 많다. 이럴 때 이를 쉽게 풀이할 수 있는 키워드나 코드가 있었으면 하는 생각을 해 본 적이 있긴 하다.

하지만 자타가 익히 아는 대로 농민 정서에 바탕한 생태시의 추구로 일관한 나의 시들은 굳이 열쇠어를 동원하지 않아도 감상이 가능하겠다. 다만 내가 작품을 만들면서 자주 떠올리거나 자주 쓰는 시어를 적으라면 못 적을 것도 없지만, 그보다 좀 더 근원적으로 내 시를 이해하기 위해선 우선 우리말에 대한 공부가 좀 있어야겠다. 나의 여섯 번째 시집 『그때 휘파람새가 울었다』의 1~2부에서 뽑은, 다시 살려 쓴 우리말과 방언을 적어 보자.

싸하니, 서느럽고, 벌때추니, 서리서리, 올량올량, 물너울, 는개, 젖부리, 야젓하느니, 사운거리거나, 조막만한, 흙살, 댓바람, 청때깔나고, 노루막이, 영각, 우듬지, 문실문실, 무장무장, 자분자분한, 깍짓동만하게, 서글서글해져서, 망석중이, 는실난실, 괄한, 돌계집, 각시샘, 물수제비, 잿등, 동살, 햇귀, 서릿물, 진갈매빛, 감사나운, 두발부리, 두억시니, 씨알, 꽃발, 가멸지고, 아홉새베, 명석말이, 어처구니, 오목가슴, 그렁그렁하게는, 먹때왈빛, 삭바람, 꼭두서니빛, 선득선득, 갈큇발, 틈새기, 훈짐, 손사래, 헤살치는, 정글도록, 응등거리는, 포근포근한, 낭자머리, 놋비녀, 터앗, 종주먹질, 해설피, 젖살빛, 물큰물큰, 샛터집, 산막, 가풀막.

이렇게 멋드러진 말들이 사전 속에서나 잠자고 있는 건 우리 문학의 엄청난 손실이다. 나는 우리의 역사와 삶의 숨결이 배인 우리말들을 한사코 되살려 내려고 노력한다. 물론 이처럼 구체적 실감의 향기가 물씬 풍기는 우리말이라고 해서 아무 데나 함부로 집어넣으면 되레 시의 전개에 장애를 받을 수 있다. 그 말이 거기에 꼭 들어가야만 시의 생기와 활력이 살아나는 때, 그때에만 엄정히 사용한다. 그런데 이런 언어들은 대개 농경문화 속에서 생성된 말이기 때문에 농민 정서, 혹은 전통 정서에 시의 많은 기반을 두고 있는 나로서는 우리말을 되살려내는 게 꽤 용이한 일이기도 하다.

두 번째 나의 시를 이해하기 위해선 풀꽃과 나무 그리

고 비잠주복(飛潛走伏)과 풍광 등 우주 자연물의 이름과 생태를 좀 알아야 될 것 같다. 역시 위의 시집 1~2부에 등장한 이런 우주 자연물과 숨탄것들을 한번 열거해 보겠다.

치자꽃, 왕오색나비, 능금밭, 탱자울, 은어떼, 복사꽃, 아그배꽃, 밤꿩, 느티나무, 산제비, 장닭꿩, 염소, 천리향, 황소, 감나무, 나락밭, 강아지풀, 기러기, 고추잠자리, 억새밭, 박하향, 메뚜기, 달맞이꽃, 들꽹이, 포도밭, 뻐꾹새, 들국, 왕머루, 밤꽃, 까치, 오목눈이, 빙어, 자미, 적송, 괴목, 오동, 다람쥐, 동고비, 청대숲, 동박새, 석남화, 삭바람, 강풍, 된바람, 댓바람, 묘음조, 붉은뺨멧새, 느릅나무, 다람쥐, 잉어, 갈대숲, 개개비, 풀여치, 물싸리, 여뀌꽃, 보름달, 고라니, 배추흰나비, 뻐꾹채꽃, 수국화, 벼꽃, 매화꽃, 날피리떼, 냉이, 달래, 지칭개, 흰비오리, 청솔, 귀뚜라미, 씨르래기, 머슴새, 찔레, 실베짱이, 말매미, 콩밭, 이팝꽃, 소쩍새, 쓰르라미, 복숭아, 개구리떼, 금숭어, 금노루, 맞바람, 목화송이, 밤고구마, 동치미, 미루나무, 수수꽃다리

매 시편마다 거의 빠짐없이 등장하는 이런 날고, 헤엄

치고, 달리고, 기고 하는 숨탄것들과 이들이 깃들이는 풀꽃과 나무와 강물과 산과, 또 바람과 별과 달빛을 호명해 주고 그들이 모두 내 시 속에서 자유롭게 숨 쉬고 노닐도록 하고 싶음에랴. 물론 이 모든 숨탄것들은 나의 삶에서 매일매일 경험하는 존재들이다. 그러기에 그것들이 제 때와 제 장소에 맞게 뛰어 놀아야지, 요새 유행이 되다시피 한 생태담론을 억지로 적용하는 바람에 삼월에 피는 꽃이 오월의 시에 존재하고, 생물도감을 참고하는 바람에 이미 어느 지역에선 사라진 새조차 그 이름이 아름답다는 이유만으로 시에 함부로 등장하면 안 되는 것이다. 어쨌든 내가 이렇게 우주자연물을 좋아하고 그들과 너나들이하며 사는 것은 내 평생 거의 대부분을 농촌과 자연에서 지냈기 때문에 그런 것이지 요사이 이슈이자 유행이 되어 버린 생태담론의 영향을 입은 것이 아니라는 사실이다.

세 번째로 내 시를 이해하는 데 도움을 줄 수 있는 것은 위 모든 비잠주복들의 생명의 움직임과 소리를 표현한 말들, 그리고 형용사와 첩어 등일 것이다. 위의 시집 3~4부에서 이와 관련된 언어들을 적어 보겠다.

> 우수수거릴, 은구슬 튀겨선, 따다다닥, 쪼르르, 어린어린, 송이송이, 모감모감, 쇠리쇠리, 꽃빛 꽃빛, 우련우련, 풀풀, 활활, 우르르 꽝, 뿌지지 뿌지지, 장대장대 장대비, 꺼먹꺼먹, 서걱서걱, 댕—, 꿩꿩, 토옹토옹, 그렁그렁, 모람모람, 아흐흐 아흐흐, 푸우푸우, 머뭇머뭇, 총총, 뭉게뭉게, 수북수북, 끼룩끼룩, 굽이야 굽이야, 우뚝우뚝한, 우북두북한, 소슬소슬, 뭉실뭉실, 발맘발맘, 속닥속닥, 소소소, 철철철, 통통통통, 활활활활, 청청청청, 소올소올, 흐윽흐윽, 씨잉씨잉, 쏴아쏴아, 두근두근, 번쩍번쩍.

이렇게 뽑아 놓고 보니 놀라운 일이다. 나는 자연의 경이와 은총을 농밀하게 드러내기 위해서 수사적 장치를 의도적으로 사용하지 않는다. 누군 구어체에 기반한 반복과 대구, 의성·의태어의 능란한 구사, 그리고 적재적소에 기막히게 첩어를 사용하여 시의 음악성을 구현했으나 이는 되레 감정의 지나친 고양과 분출로 시의 요설화(饒舌化)를 부추기고 있다는 점도 지적된다고 했다. 하지만 다시 말하건대 나는 시 한 편의 전체의 유기적 통일성에 기여하지 않으면 아무리 빛나는 형용사나 그 어떤 생생한 첩어도 배제한다. 더구나 나는 시에서 요설을 가장 경계하는 사람이다. 그럼에도 위와 같이 의성, 의태를 표현하기 위해 많은 첩어를 쓴 것은 어찌된 일인가. 아마도 그건 우리말의 구조 때문이리라. 위에서 내가 스스로 첩어를 만든 것은 현장에서 그렇게 보거나 들었기 때문이고, 나머지는 우리 한글사전에 모두 나와 있는 것으로 시를 써 가다가 그 생명체들의 생생한 생명력을 표현하고자 할 때 아주 자연스럽게 의식 속에 떠오른 것들을 그대로 옮겼던 것이다. 생의 대부분을 농촌과 자연 속에 산사람은 그가 아무리 둔감한 사람일지라도 욱신거리는 삭신으로 일기예보를 하고, 바람과 냄새만으로도 어느 때 꽃이 피고 어떻게 새가 우는지는 아는 법이다.

우리말에 대한 이러한 사랑이 인정을 받아 내게 '소월시문학상'이라는 상이 주어졌고, 문학평론가 조남현 선생은 심사평에서 "고재종의 시는 요즈음의 대다수 시인들조차도 한국어의 보존과 재발견에 무심한 현실에 실천으로써 경종을 울리고 있다. 오랜만에 우리말을 제대로 사랑하고 부릴 줄 아는 시인을 만났다."라는 찬사를 해 주었다.

나는 우리의 시가 서두에서 말한 자의식의 과잉이나, 자기해체의 미망이나, 환상을 통한 신비주의에의 경사나,

섹스와 죽음의 극도한 탐닉만으론 흘러가는 것을 경계할 뿐이지 나의 시적 세계와 언어를 그 누구에게도 강요할 생각은 없다. 시는 기본적으로 자유와 다양성을 생명으로 하고 있는 바, 다만 문제는 어떤 시가 독자 전부는 아니더라도 일부에게만이라도 소통 가능한 내용과 표현을 담았으면 하는 생각은 있다. 오랫동안 시를 써 온 사람이 꼭이 어떤 열쇠어를 챙겨서야만 읽을 시라면 앞으로 그런 시는 더는 읽지 않을 것이다.

- 월간 『베스트셀러』

시 쓰기의 난경(難境), 삶의 난경

밀란 쿤데라의 말대로 "시의 목적은 놀랄 만한 사고로 우리를 눈부시게 하는 것이 아니라 존재의 한순간을 잊혀지지 않는 순간으로 또 견딜 수 없는 그리움에 값하는 순간으로 만드는 것"일지도 모른다. 먼저 이시영의 「무늬」라는 시를 보자.

나뭇잎들이 포도 위에 다소곳이 내린다
저 잎새 그늘을 따라 가겠다는 사람이 옛날에 있었다

이 시는 단 두 줄에 불과하지만 아주 순정하기 짝이 없는 시이다. "나뭇잎들이 포도 위에 다소곳이 내린다." 이는 서술된 그대로, 어느 날 시인이 포도 위를 걷다가 나뭇잎들이 내리는 것을 본다. 시인은 그걸 보고 순간 과거로 돌아가, 그 나뭇잎 그늘이 포도 위에 일렁이던 때를 추억한다. 동시에 그 "잎새 그늘"을 따라 가겠다고 한 어떤 사람을 기억해낸다. 물론 옛날의 그 사람은 지금은 시인의 가슴에 잎새 그늘의 '무늬'로 일렁이는 사람이겠다.

한데 방금 나는 극히 주관적으로 그 잎새 그늘이 '일렁이던 때'라고 말함으로 본문에 없는 '일렁임'을 직관해 냈다. 가로수길이건 산길을 걷다 보면 바람 한 자락만 슬쩍 스쳐도 그 잎새 그늘이 한량없이 일렁이는 걸 너무도 많이 봐왔기 때문일까. 그렇게 잎새 그늘은 일렁이며 땅 위에 갖가지 무늬를 만든다. 잎새 그늘의 일렁임, 그건 동시에 그걸 감각하는 시인의 일렁임이기도 하다. 그런데 시인이 아닌 그 누구라도 일렁임이란 마음의 설렘과 떨림이 있어야만 느낄 수 있는 감각이다. 손끝만 살짝 닿아도 진저리를 치는 그 설렘과 떨림은 순정 혹은 순결이란 이름의 내재적 속성으로, 이것 없이 마음의 일렁임은 있을 수 없다.

바로 그 잎새 그늘을 따라 가겠다는 사람이 있었다고 한다. '옛날에!' 그 사람은 가슴 가득 일렁이는 무늬를 새겨 준 첫사랑일 수도 있고, 그보다 더한 순정으로 가슴을 사무치게 한 어떤 은인일 수도 있다. 하지만 그 사람은

"옛날에 있었다." 우리의 순정과 순결을 다 앗아 버린 시간과 그 시간 위에 쌓은 자본문명의 오늘에는 결코 있을 수 없는 사람이기에 굳이 '옛날에'를 강조한 게 아닐까. 이 '옛날에'라는 단어 하나가 서정시에서 요구되는 직관적이고 핵심적인 언어의 폭발력으로 기능하며 추억의 문을 환하게 열기도 하고, 동시에 그 문 속으로 다시는 들어가지 못할 현재 처지의 쓸쓸함을 목메게 환기시킨다.

김지하 시인은 이 그늘을 "예감이 가득 찬 숲 그늘"로 명명했다. 그 그늘은 "신의 뜨거운 숨결이 관통하고" 있고, "이 다음에 올 커다란 세상을 준비하고" 있고, "아침 땅이 내뿜는 저 하늘의 싱싱한 기운"을 심호흡하고, 그 그늘의 "숲에 가면 오래 잊은 좋은 일"이 너무도 소박하고, 너무도 고귀하게 존재할 것만 같다고 한다. 모두 이시영 시인의 시 구절을 인용한 찬사다.

뭔가 생성과 신비로 가득할 것만 같은 그 잎새 그늘을 따라 가겠다는 어떤 사람의 가슴에 일렁이는 무늬는 얼마나 아름다웠을까. 그 무늬는 만화경을 넘어선 그 무엇이었을까. 밀란 쿤데라의 말대로 "존재의 한순간을 잊혀지지 않는 순간으로 또 견딜 수 없는 그리움에 값하는 순간으로 만드는" 이런 신운(神韻)이 깃든 시가 내겐 왜 찾아오지 않을까. 아니 우리 시단에 왜 이런 시는 드문가. 왜 온통 사유화(私有化)한 이미지와 강렬한 메시지만이 난무할까.

'일국(一國)의 시인'이라는 말이 있었다. 이는 시가 우리의 삶에 있어 무언가 소중하고 진실한 것을 담아낼 수 있고, 그런 시를 쓰는 시인은 시 한 편의 감동으로 삶과 세계의 혁명을 앞당길 수 있는 존재라고 믿었던 때의 말이다. 그래서 시인은 대를 깎아 살갗에 피를 새기는 심정으로 진실과 사랑을 노래하고, 이슬 한 톨 속에 담긴 우주의 숨결을 읽느라 불면의 밤들을 투자하는 존재였다. 한마디로 이 말이 회자될 때의 세상은 아름다웠고, 시인 또한 그때는 충분히 행복한 존재가 아닐 수 없었다.

그런 예는 멀리 갈 것도 없이 1970~1980년대의 신경림, 고은, 김지하, 김남주, 황지우, 이성복, 박노해 등 많은 시인들의 삶과 시가 그것을 증거한다. 이들은 처음부터 시와 삶의 일치를 뜨겁게 꿈꾸었고, 그 순정한 꿈은 우리의 비루한 역사와 삶을 새롭게 변혁하고 추동시키는 데 많은 기여를 한 게 엄연한 사실이다. 우리의 일천한 시문학사에 이런 소중한 자산을 축적시킬 수 있었던 것은 얼마나 복된 일인가.

그런 까닭에 나는 아직도 화조풍월(花鳥風月)의 지루한 전통 정서와 창백한 모더니즘의 일색인 당시의 시단을 완벽하게 엎어치기한 신경림의 농민 서사와 가락을 대하면 온몸이 흠씬 떨린다. 역시 끝 모르게 우리를 나락으로 끌어내리던 허무주의의 늪을 박차고 민족의 애환과 통 큰 기개를 만천하에 들어 올린 고은의 간단없는 갱신 앞에서 나도 몰래 엄정해진다. 또 김지하는 어떤가.「황톳길」에서 보여 준 그 도저한 비극적 서정과 정치성, 그리고 당시까지만 해도 누구도 예측할 수 없었던 생명 혹은 생태 담론의 선취(先取)는 내게 시인의 선지자적 명철을 보여 주었다. 나는 김남주의 혁명전사로서의 시에 대해 일언반구도 할 수 없다. 역시 박노해의 밑으로부터의 전복을 오래 기억할 수밖에 없다. 또한 황지우와 이성복의 참 지성에 값하는 비판정신과 언어의 전위는 우리 시에 있어 어쩌면 거의 처음인, 빛나는 현대성을 구축했다고 할 수 있는 게 아닌가. 그들은 우리의 시의 하늘에 있어 푸른 일등성 같은 존재들이다.

'시와 삶의 일치'라거나 '삶과 세계의 혁명을 추동하는 시'란 말들은 시를 쓰는 내게 있어 존재 이유였다. 그러기에 오스트리아의 작가 페터 한트케가 『소망 없는 불행』이란 소설에서 주인공 어머니에 대해 묘사한 것처럼, 가난이라는 말은 오히려 사치스러울 정도로 "단 하나밖에 없는 양재기가 밤에는 요강으로 쓰였다가 다음날에는 밀가루를 반죽하는 그릇으로 사용되는 가정"과 같은 극빈과 "모든 것은 이미 정해져 있었고 가능성이란 도대체 없었던 삶을 살게 한" 학력별무의 삶을 살면서, 그 때문에 "버림받은, 버림받은/거리의 돌멩이처럼/그렇게 난 버림받았네."라는 취중잡가나 흥얼대고, "오늘이 어제였고, 어제의 모든 것이 예전대로였다."는 기계와 같은 권태와 고독, 그리고 병고를 경작할 뿐이면서도 나의 시의 나날은 행복했었다.

　나의 시 쓰기의 처음은 그런 시와 삶의 일치를 꿈꾸었기에 당시 아버지를 도와 농사를 짓던 나로서는 농민시에 천착하지 않을 수 없었다. 농민들! 이제 우리나라 인구비의 10%대 이하로 떨어진 사람들, 노인과 부녀자들이 대부분의 구성비를 점하고, 병고와 빚더미와 고독과 소외에 시달리는 이 하잘것없는 사람들의 애환이 곧 나의 삶의 애환이었기 때문이었다.

어떤 평론가는 우리 시에서 어서 빨리 떨쳐 버려야 할 걸로 농민정서를 든 것을 보았다. 시의 현대성과 세계성의 확보에 암적인 존재라는 것이다. 하지만 농민이라는 말속엔 문학평론가 정효구가 설파했듯이 '흙' '생명' '밥' '노동' '우주'라는 가치가 담겨 있다. 인간의 생존적 토대를 이루는 이 실재적이고 본질적인 가치들은 인간이 지구상에 존재하는 한 결코 외면할 수 없는 까닭에 영원히 미래적이다.

우리의 과학기술과 문명의 역사가 흙을 시멘트와 쇳덩이로 덮기 시작한 때부터 이미 그것은 실패와 비극을 내포하고 있었다는 것을 일찌감치 간파해야 했다. 그런데 흙은 무엇보다도 그 안에 모든 부드러운 생명을 내장하고 있음으로 하여 삶의 원천이었다. 농민은 이걸 노동으로 일구어 밥을 생산했고, 뭇 생명체들은 이를 자양분으로 하여 각기 저마다의 삶을 의미 있는 것으로 바꾸어 놓았다. 하지만 진보라는 이름으로 과학기술과 첨단문명을 추구한 인간은 그것을 성장과 개발을 통한 경제적 가치의 신장만을 제일의 목표로 삼아 이용한 까닭에 뭇 생명들의 죽음을 가져왔고, 결국 지구의 종말까지 운위되는 지경을 앞당겨 놓았다.

또 하나, 인간은 이성의 발견을 통한 많은 근대적 기획의 성취를 확보했음에도 불구하고 그것이 노동으로 상징되는 몸의 천대를 가져옴으로 거꾸로 그 기획들의 위기를 초래하였다. 노동을 잃어버린 몸은 자연히 성적 방종을 일삼았고, 나아가 이마저도 상품으로 바꾸어 버린 까닭에 오늘날 우리는 자기 몸을 자기 의지로 세계의 창조 속에 기투(企投)하는 자발적 삶에서 소외된 지 오래이다.

그런 점에서 흙과 노동으로 밥과 생명을 일구는 농업적 삶은 우리의 과학기술과 근대문명을 근본적으로 반성하게 한다. 싸늘한 이성의 기획을 따뜻한 몸의 감성으로 감싸 안아 우리의 삶을 생생하고 구체적인 창조 속으로 현실화시킨다.

첨단 자본문명 속에서 가장 실재적이고 본질적인 것을 복권시키려는 노력의 일환인 나의 농업적 삶과 농민시는 그러기에 당시 민중시가 목표한 삶과 세계의 혁명에 대한 정치성과도 부합된 것이었다. 이는 가장 근본적인 것으로 가장 전위적인 이념의 성취에 값하고자 한 인식의 결단에 다름 아니었다.

그런데 이 농업적 삶은 한 단계 더 나아가 우주의 순리에 의한 자연과의 친화를 바탕으로 하는 삶이다. 하늘의 해와 바람과 비가 없으면 불가능한 게 농업적 삶이다. 또 나무와 풀꽃과 새와 개구리와 지렁이와 별과 함께 너나들 이하지 못하면 곧바로 자본의 논리에 침식당할 수밖에 없 는 삶이다. 오늘날 전 지구화한 자본의 논리 속에서 농사 꾼들조차 예외일 수 없어 상품영농을 추구하느라 무차별 하게 금비와 농약을 살포하였다. 그 결과 땅은 황폐해졌 고, 강물의 오염과 메뚜기 등의 사라짐으로 생태계의 심 각한 파괴가 이어졌다. 또한 도시자본의 유혹에 넘어간 농민들은 자기의 살점과 같은 땅을 골프장과 러브호텔과 가든음식점과 공해산업체에 팔어넘기는 죄를 지었다. 이 는 참으로 잘못 되어진 농업의 길이었다.

이와 같은 참람한 지경을 극복하기 위해선 현실과 꿈 의 경계를 싱싱한 교감으로 넘나드는 생태적 상상력 혹은 우주적 상상력의 폭 넓은 전개가 필요했다. 이런 상상력 의 시적 실천을 위해선 자연히 나의 농민시도 좀 더 심화 하고 확대되어 생태적이고 우주적인 사유와 감각을 확보 해야 했다.

하백이 물었다. "무엇을 자연이라 하고 무엇을 인위라 합니까?" 북해약이 말했다. "소나 말의 발이 네 개인 것을 자연이라 하고, 말머리에 굴레를 씌우고 쇠코를 뚫는 것을 인위라 한다. 그러므로 인위로써 자연을 망치지 말고, 조작으로써 본래 모습을 훼손하지 말고, 탐욕으로써 명리에 따르지 말라고 하는 것이다. 이 세 가지를 삼가 지켜 잃어버리지 않는 것을 '그 참에 돌아감'이라고 한다."

『장자』「추수」편에 나오는 글이다. 장자는 일찍이 인위와 조작으로써 자연 본래의 모습을 훼손하지 말고 참으로 돌아가라고 외쳤다. 제물론에서는 "천지는 나와 생존을 같이하고 만물은 나와 한 몸이다(天地與我幷生 萬物與我爲一)."라고 말했으니, 이미 수천 년 전에 쇠코를 뚫고 말에 굴레를 씌우는 문명화가 결국 지구를 황폐하게 할 것이란 점을 간파한 것은 사실 놀랄 일도 아니다.

동양에서는 예로부터 자연과 인간의 대립 대신 조화를, 힘에 의한 자연의 정복 대신 지혜로 자연을 본받고자 하는 전통이 이어져 왔다. 『중용』에는 '안으로 자기 자신을 완성하고 밖으로 우주만물을 완성시킬 것(成己成物)'과 '화육을 도와주고 천지자연에 참여할 것(贊化育 參天地)'을 말하고 있다.

다음 글은 유가의 자연 사랑이 얼마만 한지 그 크기를 충분히 짐작케 한다. "성인은 풀과 나무가 한참 자랄 시기에는 산림에 도끼나 낫을 들고 가서 그 생장을 중간에 끊는 일이 없도록 하고, 어패류가 알을 배거나 그 알이 부화될 시기에는 연못에 그물이나 독약을 갖고 가서 그 생장을 중도에 끊는 일이 없도록 한다."(순자)

불교의 자연 사랑은 유가에 비해 그 정도가 한층 위다. 『화엄경』의 다음 구절은 이를 분명하게 보여 주고 있다. "이 세상에 존재하는 모든 생물은 내가 그들을 다 잘 대우하여 섬기고 공양하기를 마치 부모를 공경하고 스승을 받드는 것처럼 하며, 심지어는 부처님을 섬기고 공경하는 것과 똑같이 하여 차이가 없게 한다."

모든 생물을 부처님처럼 대한다는 구절에서 우리는 자연과 나를 둘이 아닌 동일한 존재로 보는, 아니 나 자신보다도 자연을 더 사랑하는 불교의 자연관을 만나게 된다. 불교에서 풀 한 포기, 나무 한 그루, 벌레 한 마리의 생명까지도 소홀히 여기지 않는 근본 원인이 여기에 있다고 하겠다.

오늘날 지구의 환경오염이 극한 상황에까지 이른 근본적인 이유는 무엇인가. 이에 대한 대답은 일찍이 에리히 프롬이 『소유냐 삶이냐』에서 마련해 두고 있다.

"우리는 인간과 자연의 조화라는 선지자들의 비전을

포기하고, 자연을 정복하고 그것을 우리의 목적에 맞게 변형시키는 것으로 문제를 해결하려 했다. 그 결과 자연의 정복은 자연의 파괴에까지 이르게 되었다. 정복과 적대감에 눈먼 우리는 자원이 유한하다는 사실, 마침내 고갈되어 버릴 수도 있다는 사실, 자연이 인간의 탐욕에 대한 반격을 가해 오리라는 사실을 인식하지 못했다."

자연과 우주의 철학으로 명명될 수 있는 동양사상은 일찌감치 생태와 우주적 상상력을 무한하게 담고 있다. 이런 동양적 상상력이 실제적 현실과 동떨어진 것처럼도 보인다. 사실 '오래된 미래'라는 말로 상징되는 그런 기본적이고 본질적인 것에 대한 새로운 인식마저 전무한 현실이고 보면, 어쩌면 나의 생각이 너무 급진적이고 근본주의적인 전망을 담고 있다고도 할 수 있다.

나의 농민시가 생태시로의 너비와 깊이를 얻을 수 있었던 것은 자연에 대한 이런 동양의 지혜를 마음 바탕에 받아들일 수 있었기 때문이다. 아니 그보다 더는 농민에 관한 시집을 네 권이나 썼을 무렵 나는 그만 간염이라는, 의사의 말대로 결코 힘든 농사일을 해서는 안 되는 병고에 시달리기 시작해 무려 7년여를 넘게 모진 고생을 했기 때문이다. 이야기인즉슨 늘 죽음에 시달리는 그런 병고 때문에 세상에 존재하는 모든 숨탄것 하나하나가 너무도 아름답고, 너무도 고귀하고, 너무도 거룩하게 보였기에 이후 시집 두 권에 그 생명에 대한 찬가를 몽땅 바쳤던 것이다.

내게 있어서 농민시에서 생태시로의 발전은 시와 삶에 있어서의 내재적 필연 때문이라는 아주 자연스러운 결과였다. 그런데, 어느 날 문단을 둘러보니 모든 시가 생태시였다. 특히나 리얼리즘 시들이 동구사회주의권의 붕괴와 국내의 민주·민족·민중이라는 거대담론의 해소 이후 갈피를 못 잡더니, 가뭄 때 개울 웅덩이에 송사리 꼬이듯 환경시, 생명시, 생태시로 몰려들었다.

감옥의 손바닥만 한 창의 창틀에 쌓인 먼지 속에서 풀이 피어나는 것을 목격하고 저항시에서 일대 생명시에로 깨침을 얻은 김지하나, 폐기종으로 인한 고통 때문에 강원도 영월에 마련한 우거에서 지내며 그때까지 줄곧 언어탐구의 궤적으로 일관하던 시를 날것의 시 혹은 두두물물(頭頭物物)의 시 아니 넓은 의미에서의 생태시로의 전복을 한 오규원 같은 용기도 없으면서 말이다.

거대담론 이후 포스트모더니즘이란 이름으로 횡행한 다른 시들 또한 마찬가지였다. 가령 프로이트와 라캉류의 정신분석학을 수용한 무의식의 과도한 드러냄들, 데리다의 「글쓰기와 차이」를 아전인수 격으로 베껴 먹는 자기 해체의 미망(迷妄)들, 보르헤스 등의 마술적 리얼리즘에 포로가 되어 마치 거미줄에 걸린 나방처럼 파닥거리다 마는 파편의 은유들, 바따이유의 거웃 한 올도 건드리지 못하면서 섹스와 죽음의 기능항진증에 걸린 시들이 그것이다. 상상력의 다양성에 기반한 이 모든 언어의 성찬과 윤리적이고 실천적 주제이기도 했던 생태시는 사실 포스트모더니즘의 한 계보이다.

　그때, 나의 방황은 다시 시작되었다. 생태시의 흥성은 그만큼 생태환경 문제가 세상의 공감대를 형성하고 있다는 반증이었다. 나로서는 삶과 목숨을 걸고 추구한 생태시였으니, 그것의 흥성은 내 시의 보람이기도 했다. 그러니 세상은 이미 충분하다며 내게 그 자리에 머물러 있기를 유혹했다. 그러나 그런 나의 시마저 시류(時流)라는 한물에 썬 물고기같이 여겨짐을 또한 어찌할 수 없었다. 더구나 녹즙과 붕어즙의 지루한 실험 끝에 어느 정도 간염이 극복되었는데, 바로 이어진 당뇨와 고혈압이 나를 다시 죽음 쪽으로 이끌고 있었다. 거기에 또 이슬람 국가에 기독교를 전파하러 갔다가 '유일신과 성전'이라는 과격 이슬람 테러단체에게 김선일이라는 사람이 참수 당하는 사건이 발생했다. 우리나라의 이라크 파병을 철회하지 않으면 죽이겠다는 납치범들의 선포에 국민의 생명을 보호할 최종의 책임을 가진 대통령이 이를 반격함으로 곧바로 인질이 참수되는 목불인견을 대하고, 나는 큰 충격을 받았다.

사람이란 자기 존재 이유에 대한 내면의 물음이 다시 깨어날 때, 또한 사회적 모순을 목도하면서 양심이 깨어날 때, 그러니까 살아 있는 존재로서 무엇 때문에 방황하고 무엇을 다시 지향하고 있는가를 지각할 때 우리는 머묾의 유혹에서 벗어날 수 있다. 미셸 푸코가 『성의 역사 2』에서 철학이란 "사람들이 이미 알고 있는 것에 정당성을 부여하는 대신에 어떻게 그리고 얼마나 다르게 생각하는 것이 가능한지를 알려고 하는 것이 아니겠는가?"라고 했던 바, 이는 시에 관한 이야기이기도 했다.

나의 시는 또다시 갱신이 필요했다. 농민시에서 생태시로, 생태시에서 다시 무엇엔가로 지향해야 했다. 방황은 지향을 낳고, 그건 틀림없이 낯선 길일 수밖에 없다. 낯선 길에 나서기 전 그나마 시를 쓰는 사람으로서, 나는 나의 밖의 시인들을 돌아보기로 했다. 시류에 흔들리지 않고 다르게 감각하며, 거기에 사유의 깊이를 더해 이미 한 일가를 이룬 시인들이 캐는 삶과 세계의 비의와 혁명의 모습은 어떤 것인가를 확인하는 시간은 방황과 지향의 길에 있던 내겐 통과의례였다.

김명인은 「화엄에 오르다」, 「침묵」, 「바다의 아코디언」 등을 통해 삶의 본질과 길에 대한 끈질긴 고뇌의 탐문과 끝없는 생멸의 시간 속에 처한 삶의 무력함을 뛰어넘고자 하는 도전으로 나를 압도했다. "누구나 제 안에서 들끓는 길의 침묵을 들어야 할 때도 있는 것이다"라는 잠언은 그 탐구의 지난함에 대한 핏빛 울음이었다.

천양희는 「마음의 수수밭」, 「직소포에 들다」 등에서 물 속에 빠져 물먹는 삶을 끌어올려 생의 푸른 것들과 시의 완창(完唱)을 위해 절벽과 폭포를 마다하지 않는 극기를 보여 주었다. "세상을 내려놓고는 길 한쪽도 볼 수 없다"는 진술은 그토록 물 먹였던 세상에 대한 화해의 신호임과 동시에 삶에 대한 애틋한 긍정이었다.

고진하는 화목제의 사제답게 「굴뚝의 정신」과 「문주란」을 통해 세속의 성화를 위한 고투를 보여 주었다. "뜨락에 핀 꽃들을 보며 훤한 대낮부터 곡차 한 사발씩 벌컥벌컥들이켰다. 모두들 벌게진 눈길로 길쭉길쭉한 푸른 잎새들 사이에서 말자지 같은 긴 꽃대를 하늘로 쑥 뽑아 올린 문주란을 감상하고 있는데, 훌떡 머리 벗겨진 중늙은이 거사(居士)가 문주란을 가리키며 이죽거렸다. 이년 저년 집적거리지 말고 문주란처럼 좆대를 하늘에다 꽂아, 하늘에다 말이야!"라는 시는 그것의 백미였다.

송재학은 「철아쟁」, 「그가 내 얼굴을 만지네」 등을 통해 현악기의 팽팽한 현과도 같은 긴장된 감각으로, 그의 말 같이 "보여지거나 만져지거나 냄새를 통해 나와 비슷해지는 사물"의 매혹적인 이미지를 일궈 감각의 유물론을 완성하고 있었다. "그가 내 얼굴을 만지네/홑치마 같은 풋잠에 기대었는데/치자향이 수로(水路)를 따라왔네/그는 돌아올 수 있는 사람이 아니지만/무덤가 술패랭이 분홍색처럼/저녁의 입구를 휘파람으로 막아주네"라는 시에는 향기와 색깔과 소리가 총동원되어 있었다.

김기택은 「얼굴」, 「사무원」, 「소」 등을 통해 관찰의 집중 혹은 응시의 직관을 통해 대상의 정적 속에 숨은 음험한 진실을 세밀하게 들추어내되, 산업문명의 현실과 이를 뛰어넘어 본래적 생명성을 회복하려는 꿈의 묘사에 장기를 보였다.

나희덕은 「어린 것」으로는 위대한 모성적 포용성을, 「마른 물고기처럼」에선 황량 속을 버텨 내는 사랑의 연대와 그럼에도 끝내 마른 황어의 세계로 추방되는 삶의 운명성을 아주 곡진하고도 진정성 있게 표현해 내었다.

　모두들 무섭게 잘 쓰고 있었다. 두려웠다. 나는 이 낯선 길에서 어디로 지향해야 하는가. 문득 어디선가 읽었던 달마가 임종 전에 제자들과 나눈 문답이 생각났다.
　달마가 죽기 전 제자들을 불러 모았다. 달마의 부름을 받고 온 제자들은 혜가와 도부, 총지, 도육 등이었다. 이들은 달마가 각자 수행을 통해 이룬 것을 얘기해 보라는 물음에 답하여, 저마다 스승의 '가죽'과 '살'과 '뼈'를 얻었다. 마지막으로 혜가가 말할 차례였으나 혜가는 말에 의지하지 않고 침묵만 했다. 그러자 달마가 혜가의 마음을 읽고는 법인을 전했다. "너야말로 내 골수를 얻었도다."
　혜가는 이어 달마의 의발을 전수받고 전법게(傳法偈)를 받는데, 결국 선이란 가죽을, 살을, 뼈를 얻는 것이 아니다. 골수를 얻어 마음을 사무치게 하는 것이 바로 선이다. 우리네 삶도, 시도 마찬가질 것이라는 생각이 들었다. 무슨 일이건 언저리를 맴돌아선 안 된다. 문무관 속으로 깊숙이 들어가야만 깨침의 진경(眞境)과 마주칠 수 있다. 그렇다면 나의 삶과 시에서의 골수 곧 나의 본래면목은 무엇인가.

나의 골수, 나의 본래면목은 결국 '나' 아닌 그 무엇일 수 없었다. 그런 나는 가난과 무학, 병고와 무직에다 모든 것을 혼자 헤쳐 나왔던 나의 실존으로 온통 둘러싸여 있었다. 은산철벽이 따로 없었다. 그런 실존에서 그토록 벗어나려고 노력했으나, 그런 실존으로 더욱 악화되어 가는 나, 그런 실존을 해결하지 않고는 골수의 시를 얻을 수 없었다.

문득 '독학자'라는 단어가 떠올랐다. 나의 실존에 대한 최초의, 처절한 자각의 단어가 독학자였다. 그래서 "깬 소주병을 긋고 싶은 밤들이었다"로 시작되는 시 「독학자」가 탄생하였는데, 이 시가 『문학사상』에 발표되자 평론가 문혜원은 "자타가 공인하는 자신의 시적 특장을 버리고 스스로를 원점으로 되돌리려는 시인의 시도는 낯설고도 신선하다."는 월평으로 내 시의 새로운 지향점에 방점을 찍어 주었다.

최근 『몰락의 에티카』란 평론집을 상재한 아주 성실하고 명민한 신예비평가 신형철은 "요컨대 문학의 근원적

물음은 이것이다. '나는 과연 무엇을 말할 수 있고/없고, 무엇을 행할 수 있는가/없는가?' 말하자면 나의 진실에 부합하게 말하고 행동하는 것이 관건이다." "그 진실의 윤리학을 위해 문학은 있다."고 했다.

모처럼 성실성에 값하는 말이다. 그러니 내게 있어 시 쓰기의 난경은 결국 삶의 난경일 뿐이다. 나의 삶의 진실이 곧 시의 진실일진대, 「독학자」를 시작으로 한동안, 아니 아주 오랫동안 나의 실존에 대한 치열한 자각과, 이의 해결을 통한 나의 본래면목을 찾는 데 집중할 것 같다.

– 『내일을 여는 작가』

담양의 정자문화 기행

헬레나 노르베리 호지의 책 『오래된 미래』에 "오늘날 정복자들은 '개발' '공문' '대중매체' 그리고 '관광'이다."라는 구절이 있다. 관광이라는 게 신기하고 화려하고 대단한 볼거리만 쫓아다니며 먹고 마시고 쇼핑하는 소비적 놀이문화로만 생각하는 오늘날의 부르주아적 행태를 생각하면 틀린 말은 아니다.

그런데 관광이란 참뜻이 무엇이며 어디에서 나온 말인가? 『주역』의 풍지관괘(風地觀卦)를 보면 관광이라는 말의 유래가 되는 문장이 나온다. "관국지광(觀國之光) 이용 빈우왕(利用賓于王)."이라는 문장이다. "나라의 빛을 봄이니, 왕에게 손님 대접을 받는 것이 이로우니라."는 뜻이다.

여기서 국지광(國之光)이란 말은 '나라의 빛'이라는 뜻인데, 그건 바로 그 나라의 표정을 말한다. 나라 사람들의 표정이 밝고 건강해 보이면 그 나라는 정치가 잘 되는 나라요, 산림이 푸르러 우거져 있고 들에 있는 곡식이 기름지게 잘 자라고 있다면 그 나라의 경제는 반드시 윤택할 것이다. 물론 그렇지 않다면 그 반대일 터이다.

국지광(國之光)은 바로 나라의 총체적 표정을 말하는 것으로, 그러한 모습을 눈으로만 보는 것이 아니라 마음 깊이 느껴보는 것이 관(觀)이다. 그것이 바로 관국지광(觀國之光)이며, 그 네 글자를 줄여서 우리는 관광(觀光)이라고 부르는 것이다.

그런데 오늘날 마음은 집에다 두고 두 눈만 가지고 가서 보고 싶은 것, 보이는 것, 보여 주는 것만 보는 '관광객' 처지로서는 국토순례니, 생태관광이니, 문화유산 답사니 하며 관광에다 그 어떤 의미 부여를 한다 해도 모두 자본의 '관광산업'이라는 돈벌이의 사이클 속에 놓인 것일 수밖에 없다.

관광을 관광답게 못할 것이면 우리는 여행이라도 제대로 해야 한다. 우리의 인생을 무겁게 짓누르는 불만족, 걱정, 절망, 죄책감, 교만, 두려움, 죽음, 외로움 그리고 향수병 등의 짐을 내려놓고 여행을 떠나라고 누군가 권면하듯이, 잠시 '나'라는 주체의 중압감에서 벗어나 빛이건 바람이건 강물과 숲, 마을과 사람이건 타자의 공간 속으로 '나'를 한번쯤 방목해 버리는 그 여행 말이다.

다비드 르 브르통은 그의 책 『걷기예찬』에서 말한다. "여행의 단초에는 우선 어떤 꿈, 계획, 의도가 있기 마련이다. 상상을 채찍질하는 그 어떤 이름들, 길이, 숲이, 사막이 부르는 소리. 일상에서 벗어나 몇 시간 혹은 몇 년 동안 슬쩍 빠져나가고 싶은 마음. 혹은 어떤 지역을 답사하여 더 잘 알고 싶은 욕심과 서로 떨어져 있는 공간의 두 지점을 이어 보고 싶은 욕망, 혹은 순수한 유랑의 선택. 세상에는 여행을 다녀온 사람들의 이야기, 전하는 말, 앞뒤가 안 맞는 무용담, 여기가 아니라 저기를 가 보는 것이 더 좋다는 권유들이 얼마든지 있다. 세상의 아득한 저 끝에 대한 꿈은 언제나 사납고 매혹적인 법."이라고.

그렇듯이, 여행은 한자리에 머물기를 거부하고, 안정적인 일상에 만족하지 못하며, 세상이 제시하는 어떤 법칙과 한계선 너머의 저편을 응시하고자 하는 인간 본연의 한 꿈에서 비롯한다. "우리들을 비참한 일상으로부터 해방시켜 줄 이 알 수 없는 열병"이라고까지 명명한 보들레르의 시구대로 그 「여행에의 초대」를 누군들 거부하겠는가.

이 '사납고 매혹적인 꿈' 혹은 '여행에의 초대'에 들리면 여행자는 여행이 아니라 순례의 길에 들어서게도 된다. 순례는 고행, 헌신 등을 통한 자기 구도를 위한 먼 여정이다. 자기 그림자와 함께 홀로 묵묵히 걸으며, 하늘과 땅 그리고 오래된 마을의 모든 생령과 무기물에까지 자신의 실존에 대한 질문을 해 대며, 길 위에서 죽고 길 위에서 다시 태어나는 순례는 그러함으로 사실 아무나 하는 것이 아니다. 어쩌면 어떤 초자연적인 힘의 선택과 도움을 받은 자에 한하여서만 가능한 일일지도 모른다.

관광도 순례도 아닌 겨우 여행 정도로나 둘러보고자 하는 나의 담양 여행은 누정 여행일 수밖에 없다. 담양은 정자문화의 일 번지, 가사문학의 산실로 곧잘 불리는 까닭에 담양 여행의 처음과 끝은 어디까지나 면앙정, 송강정, 식영정 등의 누정과 소쇄원, 명옥헌, 독수정 등의 원림을 둘러보아야 하는 일이다.

그중 먼저 담양 태생으로 조선조 중기의 큰 인물인 송순의 면앙정에 오른다. 오르자마자 사방으로 넓게 트인 시야로 인해 가슴 가득 일던 호연지기도 잠시, 언젠가 광주비엔날레 미술영상대학 강좌를 수강하던 중 프로그램에 담양 지방 답사 일정이 잡혀 있어서 따라온 적이 있었는데, 순간 그 기억이 떠오른다.

그때 인솔자로 모 대학 관광학과 교수가 초빙되었는데, 그는 면앙정에 을라서자마자 정자를 비판해 대기 시작했다. 정자 밑으로 두루 펼쳐진 전답을 가리키며 "저 들판에서 민중들은 피땀 흘려 일하는데 양반들은 부채질이나 하며 기생들하고 술이나 마시던 곳이 바로 이런 누각이나 정자요, 들판 가운데나 동네 정자나무 아래에 있는 모정 혹은 유산각이 진짜 정자로 농부들이 새참을 먹기도 하고, 일하다가 잠시 쉬기도 하며, 마을의 대소사를 논하던 곳이다."라는 논조였다.

일견 맞는 말이기도 하다. 하지만 나는 그때 조선조의 양반문화를 1980년대식 긴중사관으로 싸그리 지워 버리면 우리의 역사와 문화는 너무나 초라할 수밖에 없다는 생각이 들어 고개를 갸우뚱거렸다. 그러다 고개를 들어 문득 거기 걸린 「면앙정 삼언가(俛仰亭 三言歌)」 편액을 보고는 놀랐다.

俛有地 仰有天   굽어보면 땅이요, 우러러 하늘
　　　　　　　　이라.

亭其中 興浩然	그 가운데 정자 서니 홍취가
	호연하네.
招風月 揖山川	바람과 달을 불러들이고 산천
	을 끌어들여
扶藜杖 送百年	명아주 지팡이 짚고 한평생을
	누리리라.

하늘을 우러러 부끄러움이 없고 땅을 굽어보아도 부끄러움이 없는 앙천부지(仰天俯地)의 자세로 지은 것이 면앙정이니, 이를 일러 양반문화의 잔재니 뭐니 하는 식으로 폄하해 버리기 전에 그에 대한 내재적 인식의 자세를 한번 가져 보는 것도 좋을 듯하다.

사실 조선조의 사대부는 선비를 지칭하는 사(士)와 관료를 지칭하는 대부(大夫)의 합성어로 학자 관료 집단이다. 사대부는, 선비가 관료가 되기 위하여 피나는 수련과정을 거치는 수기(修己) 단계에서 학문을 연마하는 것은 물론이려니와 치열한 인격수양을 병행해야 했고, 수기의 과정을 제대로 거친 후에야 치인(治人)의 단계로 나갈 수 있었다.

그들은, 자신들의 지적 능력이 출세의 지름길임엔 분

명하지만 지식의 많고 적음보다도 실천에 무게 중심을 두고 있었다. 그들의 청빈 정신, 목에 칼이 들어와도 할 말은 하고야 마는 서릿발 같은 기개, 일관된 지조 지키기와 종교적이라 할 만한 엄숙주의, 그 속에 간직한 유머와 여유로움, 탁월한 자기 제어력과 타인에 대한 배려를 우선하는 생활 태도 등은 오늘날 진보적 지식인의 도덕주의보다 더욱 치열한 선비 정신이던 것이다.

가령 성리학적 이상사회를 향한 꿈과 좌절을 보여 준 정암 조광조, 경(敬)으로서 나를 밝히고 의(義)로서 나를 던진 선비인 남명 조식, 세계화의 기치를 올린 비범한 선각자 연암 박지원, 유배지에서 삼정문란의 폐해를 그린 「애절양(哀絕陽)」의 시인이기도 한 다산 정약용, 시서화에 능했던 김정희 등등 그들은 그들 세상에서의 윤리와 도덕 혹은 정치와 예술 행위에 있어서 최선의 가치와 의미를 추구한 엘리트들이었던 것이다.

「면앙정 잡가(俛仰亭 雜歌)」에서 "십 년을 경영하여/초려 삼 칸 지어내니//나 한 칸 달 한 칸에/청풍 한 칸 맡겨두고//강산은 들일 데 없으니/둘러두고 보리라"던 송순의 흥취와 풍류 정신 앞에서, 그가 경영한 전답이 몇십만 평이요 거느린 노비만 해도 200여 명이나 된다는 비판이 설령 사실에 근거한 것이라 할지라도 당대의 소이연(所以然)을 감안하면 이해가 되지 않는 것도 아니다. 그러하기에 되레 소요자연에의 꿈이 더욱 절실했던 것은 아니었을까.

이런 면앙정이기에 그를 흠모한 김인후, 고경명, 기대승, 박순 등 내로라하는 걸출들이 정자에 들러 소위 「면앙정 삼십영(俛仰亭 三十詠)」 시를 앞다투어 읊었다. 이는 면앙정에 올라 빙 둘러보면 펼쳐지는 서른 가지 경치로 추월산의 푸른 절벽, 용구산의 저녁 구름, 몽선산의 푸른 소나무, 불대산의 낙조를 비롯하여 저녁비, 산봉우리, 아지랑이, 안개, 바람, 눈빛, 나무꾼의 노랫소리, 어부의 피리소리, 기러기, 가을 달, 대나무, 해오라기, 붉은 여뀌, 오솔길 등등에 대한 파노라마 같은 시를 남겼다. 그들은 삼라에 펼쳐진 두두물물(頭頭物物)의 빛과 숨결을 명명하고 호명하느라 우주율(宇宙律)을 동원했던 것이다.

지금은 도시 건물들이 들어서는 등 각종 개발로 인해 그 풍경이 절반도 남아 있지 않지만 그래도 나는 면앙정에서 옛 시인들처럼 발아래로 펼쳐진 들판이며, 저 멀리로 병풍처럼 둘러쳐진 산이며를 빙 둘러보다가 나 또한 이 땅 시단의 말석으로나마 살며 땅에서 하늘에 이르는 무기물과 모든 생령에게까지 그 이름을 새롭게 지어 주고, 그것들의 이름을 애틋하게 불러 주는 일이 한편으로 뿌듯하고 자랑스러운 일로 생각되어졌다. 모든 존재들의 이름을 짓고 그 이름을 불러 주는 일은 사실 그것들과의 교감을 통해 자연과 인간, 인간과 인간, 인간과 신들의 하나 됨을 꿈꾸는 일이기 때문이다.

이런 시심의 백미는 송강 정철의 「사미인곡(思美人曲)」, 「속미인곡(續美人曲)」에서 절정을 이룬다. 정철이 1585년(선조 18)에 당쟁의 와중에서 사헌부와 사간원의 논척을 받아 담양 창평에 물러나 있을 때 송강정을 짓고 3년째 되는 해에 지었다는 「사미인곡」. 이는 임과의 인연과 이별, 임에 대한 자신의 변함없는 사랑을 읊고 있는 가사이다. 우리말을 자유자재로 구사하는 작자의 능란한 솜씨가 이 분야에서 타의 추종을 불허한다.

이 몸 생겨날 제 임을 좇아 생겨나니
한평생 연분이며 하늘 모를 일이런가
나 하나 젊어 있고 임 하나 날 괴시니
이 마음 이 사랑 견줄 데 다시 없다
평생에 원하기를 함께 가자 하였더니

늙어서 무슨 일로 홀로 두고 그리는고

(…)

차라리 죽어가서 범나비 되오리라

꽃나무 가지마다 간 데 족족 앉았다가

향 묻은 날개로 임의 옷에 옮으리라

임이야 나인 줄 모르셔도 내 임 좇으려 하노라

　「사미인곡」의 서두와 말미 부분이다. 차라리 죽어서 범
나비 되어 "꽃나무 가지마다 간 데 족족 앉았다가/향 묻
은 날개로 임의 옷에 옮으리라."는 고백은 임에 대한 절절
한 사랑의 말로 최고의 경지를 구가했다고 하지 않을 수
없다.

　문제는 이런 뜨거운 연애시가 실은 자기를 총애하고
또 자기를 버린 임금에 대한 끝없는 충절과 고뇌의 소산이
라는 데 있다. 물론 조선시대의 사대부라면 마땅히 취해
야 했던 임금을 향한 삶의 전형적인 가치를 구현함으로 일
찍이 송죽지절(松竹之節)의 경지를 획득한 글임엔 분명하
지만, 한편으로 보면 임금이 다시 자기를 불러 주길 애원
하며 극도로 아부하는 글로 보이기도 한다.

　송강정에 올라 발아래 앞과 옆으로 뚫린 고속화국도의

소음을 한탄하면서도 정철에 대한 생각으로 마음이 착잡하다. 정철은 국문학사에서 아주 중요한 인물이면서 당쟁의 와중에서 누구보다도 격렬하게 투쟁의 선봉에 섰던 사람이다. 사실 그에 대하여는 워낙 큰 문학가로서의 비중 때문에 정치가로서의 면면은 많이 알려지지 않았다. 정치가로서의 그는 당쟁의 와중에서 너무나 첨예하게 한쪽 편에 섰던 관계로 자신의 능력을 제대로 발휘하지 못한 불운한 사람이었다. 어려서부터 을묘사화(乙卯士禍) 등 권력 암투의 희생양으로 고통을 받았던 기억 탓인지 그는 평생을 정쟁의 마당에서 날뛰었다.

여러 자료에 의하면, 정철은 속내를 숨기지 못하는 직선적인 성품으로 호오가 너무도 분명하여 교류관계도 적이 아니면 친구로 확연히 구분했다. 정치적 융통성과 포용력이 부족했던 그는 반대파에 대하여 언제나 극렬한 감정적 대응을 하여 상대를 어떻게 하든지 제압하려고만 했다. 치열한 성품의 그에 대하여 친구인 율곡은 충고하기를, "나라를 위하는 마음으로 사리에 치우치지 말고 냉정하고 객관적으로 사람을 평가하라."고 하기도 했다.

과격하고 불같이 급한 그의 성정이 그대로 나타난 것이 소위 '정여립 모반사건'의 처리 과정이었다. 그는 이 사건이 발생하자 맏아들의 상중에 있으면서도 스스로 취조관이 되겠다고 자청하여 1,000여 명에 이르는 반대파를 제거하는, 소위 기축옥사(己丑獄死)에 앞장을 섰다. 그는 실로 「사미인곡」이나 「성산별곡」 같은 아름다운 시를 지은 인물이라고는 상상할 수 없을 만큼 악착같은 일면을 보여 준 것이다.

그럼에도 예술가로서 그의 자질과 존재는 너무나 뚜렷하여 이것이 그의 정치적 기복을 무척 덮어 주었다. 그는 풍부한 시적 상상력과 섬세하고도 연연한 감정의 세계를 맛깔스러운 글로써 잘 표현해 낸 뛰어난 시인이었다. 현실 세계의 실의와 참담함에 대한 보상적 사고를 작품으로 승화시켰다고도 할 수 있다.

송강과 술에 얽힌 이야기는 그의 파란만장한 삶만큼 유명하다. 그는 술을 너무 좋아해서 언제나 술병을 끼고 살았고, 폭음하는 일도 많았다. 그의 지나친 음주 습관은 정적들에게 공격의 호재가 되었다. 술에 취하면 감정을 참지 못하고 격렬하게 남을 매도하는 술버릇 때문에 더욱 적을 많이 만들었기 때문이다. 선조도 술로 인해 공격당하는 그를 안타깝게 여겨 한번은 은잔을 하사하면서 "앞으로는 이 잔으로 하루에 한 잔씩만 마셔라."고 특별히 권하기도 했다. 그런데, 그 잔을 받아 집으로 돌아온 그는 잔의 안쪽을 두들겨서 사발만 하게 넓힌 다음 술을 부어 마셨다고 한다. 그 은잔이 담양의 가사문학관에 전시되어 있으나 그것이 실제의 잔인지는 알 수 없는 일이다.

겉으로는 과격하고 직선적이며 성격이 급한 그였지만, 내면으로는 낭만적이고 나약한 면이 있어 더럽고 아니꼬 운 현실에 대한 불만을 술로 해소하려고 한 경향도 있지 않았을까 생각해 본다. 그의 이러한 허무와 밀착한 애잔 하기까지 한 삶은 유명한 「장진주사(將進酒辭)」에도 잘 표 현되어 있다.

한 잔 먹세 그려, 또 한 잔 먹세 그려,/곳걱거 산 (算) 놓고 무궁무진 먹세 그려./이 몸 죽은 후면 지게 우해 거적 덮어 주리혀 매여가나,/유소보장(流蘇寶帳) 의 만인이 우러예나,/어웃새 속새 덥가나무 백양 숲에 가기 곧 가면,/누른 해 흰 달 가는 비 굵은 눈 소소리 바람 불 제 뉘 한 잔 먹자할고./하물며 무덤 위에 잔나 비 파람 불 제야 뉘우친들 엇지리.

술에 대한 그의 자세는 보는 관점에 따라서 향락주의

나 현실도피 경향을 반영하는 것으로 이해될 수 있다. 그러한 측면이 있는 것도 사실이지만, 자연을 배경으로 풍류를 즐기는 것은 당시 선비들의 전통적인 멋이었으며, 그의 시 세계를 깊이 관찰해 보면 모두 그의 생사관이 잘 어우러져 녹아 있는 것을 알 수 있다.

송강정을 지나 소쇄원에 간다. 방금 현실도피 경향이라고 한 바, 소쇄원의 주인인 양산보만큼이나 철저하게 현실을 피하여 산중에 은둔해 버린 사람은 조선 선비 중 그 누구도 없을 것이다. 그는 정암 조광조의 제자로 진정한 사표이자 삶의 이정표였던 스승이 기묘사화로 능주에 유배된 뒤 곧바로 사약을 받아 버리자 당시 열일곱 살 나이에 받은 충격 때문인지 명리도 파벌도 없는 깊은 골짜기로 들어와 은둔하면서 소쇄원을 짓고 다시는 세상 밖으로 나가지 않았다.

그런데 내가 여기서 말하고 싶은 것은 세상에 들고남이 없었던 것은 그렇다 치더라도 어쩌자고 그는 평생 문장한 줄 남긴 것이 없다는 사실이다. 어쩌면 소쇄원을 조성하며 그 분노의 문장을 청대숲으로 치솟게 하고, 그 결곡한 문장은 개울물 소리에 흘려주고, 그 슬픔의 노래야 동박새 울음에 넘겨주고, 그 마음의 환희 또한 자미꽃으로 일렁이게 하며, 다만 광풍(光風)과 제월(霽月)로 호사를 누렸는지도 모른다.

　문장 한 줄 남기지 않은 소쇄처사의 행적을 보면 나는 지금까지 써 온 나의 시에 대해 항상 부끄럽다. 어떤 죽을 사람의 생명 하나 살리지도 못하는 시들을 세상에 대고 늘 주절거려 오고 있으니, 은둔과 침묵의 소쇄옹이야말로 내가 궁극적으로 꿈꾸는 처사의 본모습이라고 생각할 수밖에.

　"은둔은 모든 가면과 위선을 벗기는 일이다. 은둔은 절대로 허위를 참아 주지 않는다. 명백한 확언이나 침묵을 제외한 모든 것들은 숲의 고요에 의해 조롱받고 심판받는다."라는 말은 피터 프랜스의『삶을 가르치는 은자들』이란 책에 나오는 구절이다. 그러기에 은둔은 도피도 아니요 초월도 아니며 삶에의 또 다른 열정으로, 그것은 침묵에 의해 완성되는 것이 아닐까 생각해 본다.

　박세채의「처사공 양산보의 묘에 새긴 글」에서 보면 양산보가 저술을 하지 않은 이유를 어렴풋이 알 수 있다. "그는 평생 동안 힘과 마음을 다할 것은 오로지『대학』과『중용』뿐이라는 것을 굳게 믿고 마음을 기울여 외우고 또

외웠다. 뿐만 아니라 오경(五經)의 글들을 즐겨 읽었으며 정주학에도 심취하고 깊이 연구하여 독자적인 경지를 이루었다. 김인후와 서로 만나 학문에 대한 강론을 할 때는 침식을 잊을 정도였으나 저술은 하지 않았다. 선비가 하는 학문이라면 반드시 본말(本末)이 있어야 하는 법인데 이미 근본이 되는 일을 못 하게 된 마당에 글을 써서 무엇 하겠는가."라는 부분이다.

피나는 학문 연마와 치열한 인격 수양으로 수기(修己)의 단계를 거쳐도 치인(治人)의 단계로 나갈 마음이 없었던 양산보에게 있어 사실 문장 행위는 아무 의미도 없었던 것이다. 차라리 광풍각(光風閣)과 제월당(霽月堂)을 짓고 중국 북송의 주무숙처럼 "가슴에 품은 뜻의 맑음이 마치 비 갠 뒤에 해가 뜨며 부는 청량한 바람과 같고 맑은 날의 달빛과도 같은" 그런 경지에 살고자 했음에 분명한 것이다.

비록 양산보는 문장 한 줄 남기지 않았지만, 그 소쇄원에 들러 시문을 남긴 사람들은 부지기수였으니 송순, 임억령, 김인후, 유희춘, 기대승, 고경명, 김성원, 정철, 백광훈 등 모두 학문과 시문에 있어 걸출들이었다.

그중 하서 김인후의 「소쇄원사십팔영(瀟灑園四十八詠)」

엔 소쇄원과 그 주변의 빼어난 절경이며 운치가 무슨 선경처럼 펼쳐진다. 옛사람들은 관직에서 잠시라도 물러나면 늘 자연과 합일하는 어떤 풍류의 세계를 꿈꾼다. 풍류라는 게 사전에 보면 "속된 일을 떠나 풍치 있고 멋스럽게 노는 일"이라 정의되어 있는 바, 타의에 의해서건 자의에 의해서건 속계에서 물러났으니 마음 달래기용으로 의당 그럴 법도 하거니와, 여기에는 항상 시와 음악과 술 그리고 주변의 풍광이 호젓하고도 찬연하게 펼쳐지는 것은 필수적이었다.

1980년대 초반 실의 끝에 마음을 다잡고 공부를 하겠다고 소쇄원을 찾아든 적이 있었다. 친구의 소개 끝에 찾아든 소쇄원은 그러나 그야말로 유령의 집이었다. 거미줄이 얼기설기한 광풍각의 문짝들은 뜯겨 바람에 펄럭이고 있었고, 제월당은 누군가 불을 지핀 탓인지 시커멓게 그을린 채 제 본모습을 보여 주지 못하고 있었다. 수풀은 우북하게 짓었고, 이곳저곳 돌들은 허물어져 한마디로 소쇄원은 버려진 폐가에 불과했다.

그러던 것이 유홍준의 문화유산 재발견 덕에 다시 빛으로 드러난 소쇄원은 요새는 다시 그 빛 때문에 고역인가 보다. 일단의 관광객으로 거기에 왔다가 "거 별것도 아닌

데 한국 정원 미학의 백미니 뭐니 호들갑을 떨었네. 중국의 이화원을 가 봐. 이건 새 발의 피지."라고 투덜대는 대다수의 관광객들로 인하여 몸살을 앓는다고 후손 쪽에선 늘 퉁명스럽기 때문이다. 그리고 지방자치단체에서 입장료라는 것을 받고 있으니, 딴엔 소쇄원의 관리 및 보수비 명목을 들이대는 데야 할 말이 있을 수 없게 되었다.

예전에 담양문화원 일을 하면서 『담양의 누정기행』이란 책을 기획하여 발간한 일이 있다. 여러 연구자들의 조사에 의하여 담양에 현재 존재하고 있는 누정이 38개, 그리고 망실되어 문헌기록으로만 존재하는 부존누정이 37개였다는 사실을 알 수 있었다.

어찌하여 담양에 이렇게 누정이 많았고 현대에 와서도 왜 누정 건립이 계속되고 있는지 참으로 궁금한 일이다. 삼국시대부터 존재한 걸로 여겨지는 대전면의 척서정, 조선조 초에 건립된 남면의 독수정, 1457년에 지어진 상월정 등을 빼면 담양의 누정 건립은 16세기 중반에 접어들면서 비로소 활발해진다.

16세기 조선 사대부 사회는 훈구파들의 중앙집권문화와 사림파들의 지방분권문화 사이에 심각한 갈등 양상을 빚어내고 있었다. 특히 조광조의 죽음을 가져오게 한 기묘사화는 재야 사림 사회에 큰 충격을 주었다. 이로부터 사림파들은 중앙정치에 연연해하지 않으며 향토 근거지에 장원과 원림을 조성하게 되는데 지역적 특성이 반영되었다. 영남 사림은 서원과 서당 중심의 학맥을 조성하고 있었던 데 반하여 호남 사림은 누각과 정자 중심의 예향을 형성해 나갔다. 영남이 산악지대이고 호남이 비산비야(非山非野)의 환경이라는 문화지리학의 특성 때문이기도 한데, 특히 죽림에 둘러싸인 담양 일대에서 시인묵객들의 누정이 밀집되고 있었다는 사실만은 분명하다.

전남대 김신중 교수는 위 책에서 그런 누정의 성격을 시문의 산실, 강학의 전당, 원림의 중심, 유흥 상경처, 은일 소요처, 선인 추모처, 유생 휴식처, 향약 시행처, 문중 종회소 등의 문화공간으로 규정하고 있다.

고려 5백 년 역사에서 최고의 문장가이자 가장 뛰어난 시인이었던 이규보는 「사륜정기(四輪亭記)」라는 글에서 정자를 일컬어 "사방이 탁 트이고 텅 비고 높다랗게 만든 것이다."라고 했다.

이를 주석한 이어령 교수는 사방이 탁 트였다 함은, 동서남북 360도로 모두 열려져 있는 개방성을 가리킨다고 했다. 물론 그럼에도 저만큼 뒷녘으로 청산과 구름이 병풍을 치는 것은 어찌할 수 없겠다.

텅 비어 있다 함은, 일반적인 주거지처럼 무엇인가를 꽉 채우기 위한 욕망과 소유의 공간이 아니라 시를 짓고 술을 마시고 풍취에 젖기 위한 것이라고 했거니와, 그래도 푸른 바람과 맑은 햇빛이 정자의 주인 노릇 하는 것 또한 막을 수 없겠다.

높다랗다 함은, 정자는 강가의 절벽이나 산언덕이나 조망권이 가장 좋은 곳에 지은 물리적 높이뿐만이 아니라 그 높이에서 두루 포괄하고 통할할 수 있는 정신적 높이까지도 감안한 뜻이라는 것이다. 그러니 앞에 펼쳐진 들판과 강물, 뒤에서 흘러드는 새소리와 꽃향기가 서로 통섭하는 것은 당연한 일 아니겠는가.

탁 트여 열려 있으니 장벽과 경계를 허물고 누구나 그곳에 들어가 교감할 수 있고, 텅 비어 있으니 욕망과 소유의 톱니바퀴에 치인 마음을 잠시나마 깨끗이 비워 낼 수 있고, 높다란 데 있으니 저질과 속악에 처한 자신을 성찰하고 새로운 품위와 높이의 인간으로 일신할 수 있는 곳인 바, 이는 현대자본문명의 여러 역기능을 씻는 대안으로 제시될 수도 있는 것이다. 그러므로 정자는 퀴퀴한 냄

새에 절은 전통문화가 아니라 되레 오늘날 새롭게 조명되
어야 할 '오래된 미래'인 것이다.

나는 너를 보고 너는 나를 볼 때
옆에선 느티나무에 씻긴 바람도 감아든다
너는 내게 말하고 나는 네게 말할 때
다른 옆에선 휘파람새소리도 끼어든다
내가 네 안을 들여다보니 앞강물이 반짝이고
네가 내 밖을 넘어보면 뒷산정이 우뚝하다
사방이 탁 트이니 무논에서 쟁기질하던 노인이
초록빛과 구름의 병풍을 치며 올라오고
심중이 텅 비니 아까 나갔던 나비 한 쌍이
바람과 수수꽃다리 향기를 몰고 들어온다

아래께선 요 근래 부시의 일방적 폭격이 있었다
이렇게 높다란 데서 우리는 두루두루 웃고
아래께로 다시 고추 모종 놓으러 간다

「정자에서」라는 나의 시인데, '사방이 탁 트이고 텅 비
고 높다랗게 만든' 정자에 올라앉아 아수라와 같은 현실을

비웃으며 한번쯤 그저 신선놀음을 해 보는 여유도 가졌으면 하는 생각해서 썼던 것이다. 누구 한 사람쯤이라도 소납(笑納)했으면 좋겠다.

알랭 드 보통의 여행 에세이 『여행의 기술』이란 책에 보면 "여행은 생각의 산파다."라는 구절이 나온다. 계속하여 "움직이는 비행기나 배나 기차보다 내적인 대화를 쉽게 이끌어 내는 장소는 찾기 힘들다. 우리 눈앞에 보이는 것과 우리 머릿속에서 떠오르는 생각 사이에는 기묘하다고 말할 수 있는 상관관계가 있다. 때때로 큰 생각은 큰 광경을 요구하고, 새로운 생각은 새로운 장소를 요구한다. 다른 경우라면 멈칫거리기 일쑤인 내적인 사유도 흘러가는 풍경의 도움을 얻으면 술술 진행되어 간다."라는 구절이 이어진다.

나는 유홍준 교수의 문화유산답사기식으로 "인간은 아는 만큼 느낄 뿐이며, 느낀 만큼 보인다."라는 여행의 묘책이나 "사랑하면 알게 되고, 알면 보이나니, 그때 보이는 것은 전과 같지 않으리라."는 답사의 모범답안을 존중한다. 하지만 나의 여행은 '나'라는 무거운 주체를 타자의 공간에로 방목해 버리는 걸로 만족할 때가 더 많다.

시골길을 타박타박 걷다가 어느 삼거리 주막집에서 김치 쪼가리에 막걸리 한 잔을 들이켜고 흥얼대거나, 어느 바닷가의 여인숙에서 며칠이고 누워 헐거운 창문으로 들려오는 파도 소리를 진력나게 듣거나, 또는 이제 폐허가 다 된 어느 간이역 대합실의 삐걱거리는 나무의자에 멍청하게 앉아 그 쓸쓸함과 고적감을 뼈저리게 느끼는 것에서 나의 존재감을 훨씬 더 확인할 때가 많은 것이다.

하지만 알랭 드 보통의 말대로 때때로 큰 생각은 큰 광경을 요구한다. 아니 큰 광경이 큰 생각을 요구하는 것이겠다. 나에게 담양의 정자들은 큰 광경이다. 그것들은 내가 태어난 나의 고향의 광경들이기 때문이다. 그러하기에 담양의 정자들은 나에게 그것들을 대함에 앞서 '내적인 사유'를 준비물로 가져오길 원한다. 조선의 선비들과 그들의 정신, 그들의 학문과 예술, 그들의 꿈과 사랑이 중첩된 정자를 그냥 방목의 심정만으로 대할 수 없는 소이연이 바로 거기에 있는 것이다.

담양의 정자들은 내게 있어 '의미의 아름다움'이다. 의미란 해석적이기에 직관적인 느낌으로 감지되는 아름다움과는 거리가 먼 듯하다. 하지만 다른 것은 다 차치하고라도 담양의 정자들은 시적풍류의 산실만으로도 아름다움이다. 담양의 정자에서 산출된 가사(歌辭)만 해도 현재 이서의 「낙지가」 등 무려 18편이나 확인되고 있다.

아름다움을 만나면 우리는 그것을 붙들고, 소유하고, 삶 속에서 거기에 무게를 부여하고 싶다는 강한 충동을 느끼게 된다. 누구처럼 "왔노라, 보았노라, 의미가 있었노라."라고 외치고도 싶어진다. 담양 정자를 볼 때마다 느끼는 이 아름다움은 나의 삶 속에서 큰 의미를 형성하고 있다.

탁 트이고, 텅 비고, 높다란 데 있는 정자의 정신적 의미와 그 주인들의 선비 정신 및 시적 풍류는 내게 주어진 여생이 다 할 때까지 나의 아름다움으로 찬연한 빛을 발할 것이기 때문이다.

－『아시아경제』